この世界が終わる前に100年越しの恋をする

櫻井千姫

STARTS
スターツ出版株式会社

世界なんて終わればいい。
そう思っていたのに――。
百年先の未来から現れた君は無気力な私に光をくれた。

目次

この世界が終わる前に100年越しの恋をする

第一章　止まない雨が心を濡らす

病院食はおいしくない。お味噌汁は塩分を少なめにしているのかやたらと味が薄いし、サラダの野菜は熱を加え過ぎてくたっとしている。今日のお昼はミネストローネらしいけど、これはミネストローネの名を借りたまるで別物。具材が少なくて汁にはとろみがないし、ちょっと冷めて出てくるのでぜんぜん食欲がわかない。

「もう、またこんなに残しちゃって」

三分の一ほど手つかずのわたしの食器を、担当看護師の池澤《いけざわ》さんが片付けてくれる。歳は聞いたことないけれどたぶん三十代の後半か四十代の前半、看護師歴の長そうな、いつもきびきびと動く女の人だ。

「食欲、なくて」

「そりゃ、病人用の食事なんだからおいしくないのは仕方ないけどね」

おいしくないなんてひと言も言ってないのに、しっかりと内心を言い当てられてしまう。気まずくてベッドの上に身体を起こしたまま、視線を窓の外に向けた。三日前からずっと、鬱陶しい雨が降り続いていて、三棟連なった病院の白い外壁を濡らしている。

「ちゃんと食べないと元気が出ないわよ」

「別に元気があってもすることないし、しなきゃいけないこともないんで」

お父さんが差し入れてくれた本は読み終わってしまったし、漫画も飽きた。そもそも、未完の漫画は今のわたしにとっては地雷だ。続きが出る頃にはこの世にいないんだ、と思うと絶望で頭が壊れそうになる。

わたしの事情を知っている池澤さんは、まずいことを言ってしまった、というような顔になった。あわてて笑みを貼りつける。

「そもそも、ごろごろしてるだけでちっとも動かないんじゃ、お腹すくわけないんですよ。朝ご飯からお昼ご飯まで、ほとんど何もしてないんですもの」

「そりゃそうだけどね。病院食はちゃんとひーちゃんの身体に必要な栄養が計算されて入ってるんだから、食べなきゃ駄目なの。運動は無理だけど、院内を少し歩くぐらいはしてみたら？」

そう言って池澤さんは食器をワゴンにのせ、個室を出ていった。

ひーちゃん、か。フルネームは南部陽彩《なんぶひいろ》だけど、特にあだ名を持ったことがなかった。四月に十六歳になったばかりのわたしに、はじめてあだ名をつけてくれた池澤さん。親しみを込めてひーちゃんと呼んでくれるのは悪い気分じゃない。でもそれも残りわずかのこと。そう思ってしまって、胃の中のミネストローネ味のまずいスープが胸やけを起こしそうになる。

ほんとに、気分転換に歩くのもいいかもしれないな。

備え付けのスリッパを履いて、個室を出た。病院の廊下は薬品を薄めたような独特のにおいに、昼食のにおいが入り混じっている。点滴をぶら下げて歩く患者さんや看護師さんが行きかい、足音がかすかに響いていた。すれ違う人たちの表情はみんなどこか暗い。命に関わる場所だから当たり前だけれど。そしてきっと、わたしも他人から見たら落ち込んだ顔をしているんだろう。

すぐにラウンジについた。患者さんらしい人や見舞い客と思われる人が数人、おしゃべりしたりスマホをいじったりしている。わたしは窓際のソファに腰を下ろし、病院の庭に目を向けた。今は六月に入って二週間、梅雨入りして以来、毎日雨が鬱陶しい。空は重々しいグレーの雲で埋め尽くされていて、しばらく嫌な天気が続きそうだ。でも庭の隅っこでわさわさ咲いている紫陽花《あじさい》の花壇はきれいだった。ピンクに青に白、鮮やかな色彩に思わず手を伸ばしたくなる。

「無理だけどね」

皮肉たっぷりに独り言をつぶやくわたしの顔には、完全に絶望した人の空っぽの笑みが貼りついているだろう。

わたしの心臓には先天性の異常がある。

心臓の中の弁と呼ばれる器官が生まれつき普通の人より狭くて未発達だから、心臓病のリスクが高い。わたしの場合は弁をコントロールする筋肉の力が弱い上、心臓に穴が空いていて、右心室っていうところの大きさが普通の人よりかなり狭いから、手術をするのは危険だという。だから手術はしないで、今までは薬と、一ヵ月に一度の定期検査のおかげで、日常生活を送るのに支障はないレベルの健康を保ってきた。体育の授業のように激しい運動は禁止だけど、それ以外は特に不便なこともなく、わたしもお父さんも、このまま問題なく生きていけるんじゃないかと思っていた。

ゴールデンウィークの四連休の、二日目までは。

いつも仕事で忙しいお父さんと、久しぶりに家でゆっくり夕食を摂る時間があった。お父さんの好物のビーフシチューを作り、お鍋をおたまでかき混ぜながら煮込んでいたら、急に息ができなくなった。心臓がばくばくどくどく、身体の中で暴れ回っていて、胸が破裂したかのような痛みにその場にうずくまる。お父さんを呼ぼうにも、声が出ない。ようやくわたしの異変にお父さんが気づいた時には、意識が失われていた。

そのまま検査入院になった。何を調べているのかよくわからない検査が連日続き、不安が募っていく。心臓に爆弾を抱えているとはいえ、今まで普通に過ごせてきて、これからもきっと大丈夫だと思ってきたのに。わたしの心臓にはいったい何が起こっているんだろうか。

ゴールデンウィークが終わったばかりの気持ち良い五月晴《さつきば》れの日、お父さんと一緒に検査の結果を聞き、わたしの心臓がかなり危険な状態にあることを知った。そして、あと三ヵ月の命だということも。

「そんな……なんとかならないんですか!? どうして陽彩がこんな目に遭わなきゃいけないんですか！　この子はまだ、十六になったばかりなんです！　なんとか陽彩を助けてください!!」

真っ青になって取り乱すお父さんの隣で、わたしはぎゅっとスカートの裾を握りしめていた。こんなお父さん、はじめて見る。わたしのせいだ。わたしが病気になんかなったからだ。絶望と申し訳なさで、泣くこともできなかった。

「残念ですが、今の医学ではどうすることもできません。発作を抑える薬を飲んで、延命治療をすることぐらいしか……」

「嘘でしょう!? 陽彩はまだこんなに若くて、無限の可能性があるんです！　お願いします。先生、なんとかしてください！　このとおりです!!」

「お父さん、やめて」

激しく頭を下げるお父さんの腕を引くと、お父さんの悲しそうな瞳に見つめられる。わたしのせいで、お父さんにこんな顔をさせてしまっている。

「どうにもできない病気なんでしょう？　だったら、仕方ないよ。お医者さんを責めても、なんにもならない」

「でも陽彩……」

「わたしは、大丈夫」

お父さんに向かって、無理やり笑った。死にたくない、あきらめたくない、もっと生きたい。すべての気持ちを呑み込んだ、嘘つきの笑み。

「大丈夫だから」

ちっとも大丈夫じゃないのに、そう言った。

お父さんはわたしのたったひとりの家族だ。お母さんはわたしを産んですぐに亡くなってしまったので、お父さんは仕事で忙しく働きながらも、男手ひとつでわたしをここまで育ててくれた。お父さんは都下にあるIT会社の研究所に在籍していて、AIやロボットの専門家。その分野の第一人者と言ってもよく、お父さんが開発した工業用ロボットは世界じゅうの工場で使われている。たまにテレビにも出ることがあるお父さんは、ちょっとした有名人だ。

だからわたしも、勉強をがんばっていつか科学者になって、お父さんの研究を受け継ぎたいと思っていた。それがお父さんにできる、いちばんの恩返しだから。小学四年生の頃、『将来の夢』と題した作文にそのことを書くと、お父さんは目を細めて喜んでくれた。

ところが恩返しどころか、とんでもない親不孝になってしまった。十六歳にして余命三ヵ月だなんて、お父さんの絶望はわたしより深いだろう。

死にたくないのに、まだ生きたいのに、お父さんのそばにずっといたいのに。

病院の消灯時間は九時だけど、いつも夜中の一時過ぎまで眠れなかった。暗い個室の中、目を閉じると見える真っ暗な世界は死につながっていて、今にもわたしをすっぽり飲み込みそうで、たとえようもない恐怖に襲われる。耐え切れなくて目を開けると、涙がぼろっとこぼれ落ちる。

どうしてわたしがこんな目に遭わなきゃいけないんだろう。

余命宣告されてから、何度も同じことを頭の中でつぶやいていた。

ずっと見ていても、窓の外の景色が変わるわけじゃない。小粒の雨が地上を濡らし、診察やお見舞いにやってくる人と、病院から出ていく人が見えるだけ。空は地上ぎりぎりのところまで、重たい雨雲が垂れ込めている。

「陽彩ちゃん」

声をかけられ、振り向くと甘池樹里《あまいけじゅり》ちゃんがいた。ピンクのドット柄のパジャマに、頭にはオレンジのニット帽。リスとかうさぎとか、小動物を思わせる小柄でかわいい子だ。

「樹里ちゃん、今日は具合いいの？」

「うん、大丈夫！　ずっと病室で漫画読んでるのも、飽きちゃうからねー。ねえ、なんか飲まない？　おごるよ？」

「年下におごってもらうっていうのは、ちょっと」

「年下っていったって、ひとつ違いじゃん。ほらほら、人の厚意には素直に甘えないと！」

樹里ちゃんに押し切られ、ラウンジの自動販売機でジュースを買ってもらった。わたしはオレンジ、樹里ちゃんはグレープ。樹里ちゃんは病人とは思えないほど、おいしそうにグレープジュースを飲んでいる。

入院して約一ヵ月、同じ階に入院している樹里ちゃんと仲良くなった。他の入院患者は年配の人が多いから、若い女の子というだけでお互いに親近感がわく。

樹里ちゃんの病気は白血病。長い抗がん剤治療で抜けてしまった髪の毛を隠すため、いつもニット帽をかぶっている。でも樹里ちゃんは重い病気とは思えないほど明るい女の子で、こうして話す時はいつも笑顔だ。

「お昼のミネストローネ、まずくなかった？　あんなの、ミネストローネとは言わないよ」

わたしと同じ感想を持っていたことがうれしくて、つい口元がゆるむ。

「わたしも同感」

「病院食って、もっとおいしく作れないのかね？　あたしたち、食べることだけが楽しみなんだからさー」

「ほんとそう」

入院してると三度の食事くらいしか楽しみがない。その楽しみすら致命的においしくないんだから、樹里ちゃんもわたしも不満でたまらない。

「この前ね、中学で修学旅行があったんだ。あたしはもちろん行けなかったけど。これ、友だちが送ってきた写真」

樹里ちゃんがスマホで写真を見せてくれる。セーラー服姿の女の子が数人、金閣寺《きんかくじ》や清水《きよみず》の舞台《ぶたい》で写っている写真。みんなまぶしいほどの笑顔をカメラに向けている。

「向こうは旅行気分おすそわけしてくれたつもりなんだろうけどさー、正直、微妙な気分になるよねえ。あたしだって修学旅行、行きたかったっつーの！」

「元気になったら、旅行ぐらい行けるよ」

樹里ちゃんはわたしと違って気にかけてくれる友だちがたくさんいる。それに、余命宣告されているわけじゃない。今は病気が重くても、治療がうまくいけば元通りの生活を送れるとお医者さんから言われているらしい。

そう思ったら心の隅にぽつんと墨を落としたような黒い染みができて、瞬く間に渦を巻きながら黒が広がっていった。

「そうだよね。旅行、行けるよね？　正直、京都《きょうと》はあんまり興味なかったりする。

沖縄《おきなわ》とかいいなあ。海、きれいなんだろうなあ」

「わたし、沖縄は行ったことないけれど、ハワイならあるよ。お父さんの仕事についていっただけだから、あんまり観光できなかったけど」

「いいなー、うらやましい！　あたしも絶対病気治して、ハワイ行こう！　ハワイだけじゃなくてフランスとかドイツとか、世界じゅう行ってみたい！」

小学校の頃からわたしは、周りにうまく馴染めなかった。病気で激しい運動が禁じられているからできない遊びはたくさんあったし、お父さんは有名な天才科学者。

「陽彩ちゃんってお金持ちのお嬢さまなんだね」と嫌味っぽく言ってくる子もいて、自然とみんなから距離を置いてしまうようになった。

でも樹里ちゃんは、そのままのわたしをすんなり受け入れてくれた。色眼鏡でわたしを見なかった。それは感謝すべきこと、なのに。

未来が閉ざされてしまったわたしより、未来がある樹里ちゃんのほうが幸せなんじゃないか。自分が人生で今最低に不幸な時だから、人と比べてしまう。

樹里ちゃんに治る可能性があるのは喜ばしいことなのに、ちゃんと喜べない自分がいる。

「わたし、病室、戻るね」

オレンジジュースを飲み終わった後、笑顔を作って言った。

「あ、ごめん。あたししゃべり過ぎ？　疲れちゃった？」

「そうじゃなくて。お父さんが図書館から借りて来てくれた本があるの。もうすぐ返さなきゃだから、それまでに読んでおきたくて」

「なーる。また話そうね、陽彩ちゃん」

　無邪気な樹里ちゃんの笑顔が痛い。そんな樹里ちゃんを素直に応援してあげられない自分が痛い。

　余命宣告されてから、わたしはすごく性格が悪くなった。いや、もともとこんな性格だったのかもしれない。だからこそ、バチが当たったんだろうか。

　樹里ちゃんに言ったことはまるきりの嘘ではなく、ベッド脇のテーブルにはお父さんが図書館から借りて来てくれた本が積み重なっている。でも今は、続きを読む気になれない。

　ふて寝するみたいにベッドに潜り込み、目を閉じた。


　不思議な夢を見た。わたしはいつものパジャマ姿ではなく、私服で街を歩いていた。季節は夏だろう、日差しが明るく、暑さがじわっと肌にまとわりつく。よく知っている街並みは近所だろう、家がある駒沢《こまざわ》の風景が目に入る。よくお昼を食べていたハンバーガーショップや、オリンピック公園のまばゆい緑。身体は軽く、病気のことは忘れていた。夢だから、病気ではないという設定だったのかもしれない。

そしてわたしの前に男の子が現れる。ひょろっとした痩身に、端正な顔立ちのはじめて見る子。はじめて見るはずなのに、不思議な既視感があった。彼がわたしに視線を合わせ、ゆっくり歩いてくる。

『もしかして、僕たち、前に会ったことある？』

夢の中の彼がそう口にする。夢の中のわたしは口を開きかけ、何かを言おうとしていた。

そこで、目が覚めた。病院の無機質な天井が見えて、それから壁の時計で時間を確認すると、もう十七時を過ぎていた。どれだけ寝ていたんだろう、わたし。

「変な夢だったな……」

知らない人が夢に出てくること自体はよくあることだし、別に珍しくもない。でも今の夢はなんだか、すべてが妙だった。夢にしては暑さとかの感覚がはっきりし過ぎていたし、それに近所の景色もリアルだった。そしてはじめて見る顔なのに、どこかで会ったような不思議な感覚があった。

もしかしてあの男の子、本当にどこかで見たことあるんじゃないだろうか。顔があまりにも整いすぎてたし、モデルとかアイドルとか、そんなところ？

スマホで『芸能人　イケメン』とか検索しようとベッドの中で身体の向きを変えた

時、個室の中に人が立っているのに気づいた。

「わっ!!」

思わず声を上げてしまう。その人に焦点を合わせて、もう一度弱った心臓がひっくりかえりそうになった。

そこにいるのは、さっき夢で見た男の子だった。ひょろっとした痩身に、端正な顔。意思の強さを象徴するようなきりりと太い眉。でもさっきと違っているのは、髪の毛が真っ白だということ。最近のヘアカラーは色とりどりで、おしゃれのために白い髪にする人もいるという。でも、彼の服装は銀色のぴっちりと肌に貼りつくスーツみたいな、まるで舞台衣装でおしゃれとは程遠い代物だった。というか、何かのコスプレに近い。少なくとも病室には場違い過ぎる。

「こんにちは、南部陽彩ちゃん」

彼が言った。テノールの優しい声が、柔和な表情とマッチしている。

「なんなの、あなた。いきなり入ってくるとか、失礼じゃない?　わたし、寝てたんだけど」

警戒心をきりきり尖らせながら、なるべく鋭い声を出した。でも彼にひるんだ様子はない。

「そうだね、ごめん。突然だから、びっくりするよね」

「そりゃびっくりするでしょ。てか、なんなの？　その格好にその頭。もしかして誰かの見舞い？　見舞いにしては場違い過ぎるし、患者にも見えないけど」

そこで、もしかして彼のこの髪色はコスプレではなく、病気なのかもと思い至る。なぜなら、彼の髪の毛は根本から先端まで、ムラのないきれいな白だったから。染めていたら根本がちょっと黒くなるはずだし、ムラだって出てくるだろう。もちろん、その銀色のスーツは説明がつかないけれど。

「僕の名前は、楓馬《ふうま》」

次の瞬間、信じられないことを言った。

「僕は百年後から来た。陽彩ちゃんの運命を変えるために」

第二章　未来少年との出会い

言われている意味がしばらくわからなかった。

百年後から来たって言った、よね？　タイムマシンは理論的には作れないことはないって前にお父さんが言ってたけれど、たった百年後の科学力で開発されているとは思えない。だいたい、タイムマシンが作られていたとしたらこの世は未来人だらけになる。

未来人がひとりもいないということが、タイムマシンは未来永劫発明されないという証明なんじゃないのか。

「ええと……それ、なんかのネタ？」

コスプレなのか病気なのか知らないけど真っ白な髪と、銀色のスーツ。その服、わたしが知らないだけでアニメとか漫画のキャラなんだろうか。いきなり他人の病室に現れてこんなことを言うなんてふざけているにもほどがあるけれど、そう考えないと説明がつかない。

「ネタじゃないよ。僕は楓馬。陽彩ちゃんの運命を変えるために、百年後から来た」

イケメン——いや楓馬は、柔和な笑みを浮かべて繰り返した。

整った顔と優しい笑顔を見ていたらじりじりと腹が立ってきて、我知らず口調がきつくなる。

「意味不明なこと言わないで。百年後？　運命を変えに来た？　あなた、どれだけ中二病なのよ。未来からやってくるなんて、そんなことありえるわけ――」

「南部陽彩、十六歳。四月十二日生まれ、牡羊座のA型。身長百五十八センチ、体重は……」

「ちょ、ちょっと待ったーっ！」

体重を言われそうになってあわてて遮る。ていうか、今、わたしの誕生日とか血液型とか身長とか、すべて言い当てた？　はじめて会ったはずなのに、なんでそんなこと知ってるんだろう。もしかして。

「あなた、わたしのストーカー？」

「そんなわけないじゃない、言ったでしょ、未来から来たって。上から、陽彩ちゃんの情報を教えてもらっている」

「だからやめなよ、その中二病的未来人設定！　意味わかんないし、イタいだけだから！」

ああ、なんてやつに好かれてしまったんだろう。このストーカー男、わたしの体重まで知ってるの？　どうやって調べたっていうんだ、ひとの個人情報を。

こんな男子、まじで知らない。学校にも、近所にも、親戚とかにもいない。お父さんがたまにテレビに出る関係でわたしもインタビューに答えたことがあったけれど、それでわたしの顔でも知ったんだろうか。だとしたらぞっとする。

わたしのことを調べあげて、ここまでやってくるなんて。

「とにかく帰って。どうやってそんなこと調べたのか知らないけれど、ストーカーに用はないから」

「僕が未来から来たって、どうしても信じられないみたいだね」

「信じられるわけないじゃない！」

どれだけ言葉を鋭くしても、にこにこ笑っているだけの楓馬。いよいよぶちんと堪忍袋の緒が切れて、枕を思いきり投げつけた。楓馬はひらりと避ける。ああ、腹立たしい。

「どうやってわたしのことを調べたのか、どうやってここがわかったのか知らないけれど、とにかく出てって！　そして金輪際、わたしにまとわりつかないで!!」

噛みつくように言うと、楓馬はしゅん、と眉を八の字にした。

「わかった。また、来るね」

そう言って病室を出ていく。扉が閉まると、自然と大きなため息がこぼれた。

怒ったのなんて久しぶりだ。学校でも、お父さんの前でも、ずっといい子で過ごしてきたから。嫌なことがあっても怒らない、いつもにこにこ、そんないい子の南部陽彩でいた、つもりだった。

初対面にして一瞬でわたしの「いい子バリア」を破ってしまう楓馬は、本当に何者なんだろう。

翌日も、鬱陶しい雨が降り続いていた。心なしか、個室の中の空気もじめっとしている。一日中ベッドの上で過ごすんだから、天気なんて関係ないんだけれど、こうも毎日嫌な天気が続くとおのずと気分が塞いでくる。梅雨の雨が鬱々とした気分を増幅させる。

引きこもりの人は、じっとしていることができる、という一種の才能みたいなものがあるのかもしれない。わたしは入院して三週間、既にメンタルがかなりやられている。テレビも本も漫画も、ちっとも面白くない。かつては、いつかお父さんの後を継ぐんだ、って勉強もがんばっていた。でも今となっては、勉強する意味もない。

わたしに未来はないんだから。

お昼ご飯を食べ終わった頃、希織《きおり》からラインが来た。

『今日学校早く終わるんだ。迷惑じゃなかったらそっち行っていい？』

もちろんいいよ、と返す。少しだけ口角が上がっているのを感じた。

希織は幼馴染で、唯一の親友だ。小さい頃から周りにうまく馴染めなかったわたしに、希織だけは普通に接してくれた。「お嬢さま」とからかわれることがあっても、「陽彩の気持ちも考えなよ」ってわたしの代わりに言い返すような子だ。

そして今見舞いにきてくれる友だちは、希織しかいない。

「んもー、雨強過ぎ！　傘差してたのに、めっちゃ濡れたし」

そう言ってソックスをびしょびしょにして病室に現れた希織は、いつものように長い髪を高い位置で元気よくポニーテールにしている。バスケ部で活躍していて背が高くて、スタイルも良くて明るい希織。男子からも女子からも人気があって、内向的なわたしとは正反対だ。

「陽彩は何してたのー？」

「特に何も。何かしたって、なんにもならないし」

「もう、またすぐにそんなことを言う」

希織が唇を尖らせる。入院の前の日、電話で希織に余命のことを話すと、めったなことでは泣かないこの子が大泣きした。どうして陽彩が、まだ十六なのに、と途切れ途切れに繰り返す希織を大丈夫、大丈夫と何が大丈夫なのか知らないけれどなだめながら、妙にすっきりとしていた。

ああ、わたし、本当に死んじゃうんだな。その時はじめて、自覚した。

「他の子はお見舞い、来ないの？」

「来ない。余命のことはともかく、担任はクラスの子に入院したこと伝えてくれたみたいなんだけどね」

「そっか。薄情だね、みんな」

「うん。でもね、仕方ないの。わたし、嫌われてたもん」

天才科学者でプチ有名人のお父さんを持つ、身体の弱いわたし。それだけで、子どもも社会で浮いてしまうにはじゅうぶんだった。

『陽彩ちゃんはお嬢さまだから、なんでも買ってもらえるんだよね』『陽彩ちゃんは身体弱いから、ドッジボールなんてできないよね』『陽彩ちゃんはお母さんがいなくて、かわいそうだよね』――幼い頃からかけられてきた無数の言葉は自分とわたしを隔てる、壁のように聞こえた。あんたとわたしは違う、と暗に言われているような気がした。

だからわたしもいつのまにか、みんなとの間に壁を作るようになった。嫌われないように、浮かないように、いじめられないように。いつもそんなことばっかり考えて、顔にへらへらと笑いを貼りつけて、いい子で過ごしてきた。その気持ちは、なんとなく周りにも伝わっていたのかもしれない。

希織以外、仲のいい友だちができなかったのがいちばんの証拠だ。こんなに心を閉ざしている子と、誰が友だちになりたいと思うだろう。

「嫌われてなんかないよ。ただみんな、やっかんでただけだよ。陽彩のお父さんが有名人だから、お金持ちの子だから、うらやましかったんだよ」

「そう言ってくれると救われる。でも、今、入院していて、考える時間だけはたくさんあるじゃない？　だから、思っちゃうんだ。わたしにも悪いところ、いっぱいあったな、って」

嫌われないように、浮かないように、いじめられないように。そう思いながら誰かと接するのは、何もしていない相手に対して、まるでこれから自分に何かするでしょ、と考えながら向き合うってことで、それはとても失礼なことなんじゃないか。

わたしは、お父さんと希織以外の人間を、信じたり頼ったりしてこなかったんだ。

「そうかもしれないね、でも」

小さく同意しながら、希織がカバンをごそごそとやる。やがて取り出されたのは、女子高生が持つにふさわしい、オレンジのチェック柄のかわいらしいノートだった。

「でも過去のことうじうじ考えても仕方ないし、未来に目を向けようよ！」

「どういうこと？」

「これから陽彩がやりたいこと、このノートに書いてくの。どこまで実現できるかわからないけれど、やりたいことはあたしも協力する」

「なんか、ずいぶんベタなことするね……」

こういうのよく、映画とかである。ジャック・ニコルソンが出演していた洋画にも、まったく同じシチュエーションがあった。でもまさか、十六歳にしてこんなことをするはめになるとは思わなかったけど。

「ノリ悪いなあ。いろいろあるでしょ？　行きたいところ、やりたいこと、食べたいもの、見てみたいもの」

「うーん、そう言われてもすぐには思いつかないなぁ……」

それに、そんなことなんの意味があるんだろう。どうせわたしは、すぐ死んでしまう人間なのに。

わたしの内心に気づかない希織がノートをめくる。

「たとえば、フェスに行くとかは？」

「いや、それは無理でしょ。この心臓じゃ、外出許可が下りない」

「じゃあ食べ物系はどう？　和牛霜降りA5ランクのステーキとか、食べてみたくない？」

「小学校の頃食べたことあるし」

「むむ、さすが南部陽一《よういち》の娘は違うな……じゃ、これは？」

希織がノートの一ページ目を開き、シャープペンを取り出して、「バーでお酒を飲む」と書いたので、思わず笑ってしまった。

「無理無理！　成人するまでに死んじゃってるもん！　高校生じゃ、バーになんて入れてもらえない！」

「へへっ、あたしはなんとか大丈夫じゃない？　化粧すれば余裕でハタチには見えるでしょ」

「年確どうするのよー」

希織と一緒にはしゃいで笑いながら、一瞬、忘れてた。心臓のことも病気のことも余命のことも、未来がないってことも。

絶対実現することのないノートの上の計画が、きらきら輝いているように見えた。


希織が帰って、晩ご飯の時間があって、それが終わった頃にお父さんがやってきた。面会時刻は十八時までだけど、わたしの場合は事情が事情だし、お父さんは昼間に時間を作るのが難しいからって、特別に許可が出ている。

「ごめんな、毎日来るのがこんなに遅くなっちゃって」

「ううん、いいの。来てくれるだけうれしい。お父さんは今、なんの研究をしてるの？」

「くわしいことは陽彩にも言えないが。ＡＩに関する研究、とだけ言っておこうかな」

「すごい！」

お父さんが目尻に皺を寄せて、うれしそうな顔をする。その笑みにもどこか力がないのは、他の誰でもないわたしのせいだ。

「今、医者の友だちに聞いて、なんとか陽彩を助ける方法を探しているところなんだ」

パジャマや本を大きなカバンから取り出した後、お父さんは言った。

「陽彩の心臓は手術が難しいって言われたけれど、中には、陽彩を手術できるお医者さんがいるかもしれない」

「……うん」

「だから陽彩も、あきらめちゃ駄目だぞ」

お父さんの言葉が、弱った心臓にずしんと響く。

お父さんはまだ、あきらめられていないんだ。わたしの命が残りわずかだって、認めたくないんだ。当たり前だよね、親だもん。わたしよりも、残される人のほうが悲しいに決まってる。

わたし自身はっていうと、もうあきらめちゃっている。そもそも心臓に異常があるのは小さい頃から知ってたし、運動とか、生活に制限があることで、なんとなく自分は長くは生きられないんじゃないかと思ってた。

とはいえ、やっぱり早過ぎるけれど。四十歳くらいまでは、他の人と同じように無事に過ごせるんじゃないかって、無意識に思い込んでいたから。

「他に読みたい本とか、漫画はないか？」

「完結してない漫画はやだな。完結してるのがいい」

「じゃあ、今度お父さんのおすすめを持ってくるよ」

「お父さんのおすすめなんて、古臭くない？」

「昔の漫画をなめちゃいけないよ。メッセージが明確で、心に響くものがたくさんある。絵が古臭いからって、質が悪いわけじゃないんだから」

そう言って、お父さんは帰っていった。

個室にひとりになると、またもやもやとあまり楽しくないことばかり考えてしまう。

研究所に勤めるお父さんとは、小さい頃からあまり一緒にいられることがなかった。何日も研究所に泊まり込みで、その間はシッターさんに面倒を見てもらっていて、お父さんと顔を合わせない、そんな日もあった。

それでも、お父さんの愛情を薄いと思ったことは一度もない。死んだお母さんの分まで、わたしのことをせいいっぱい愛してくれたお父さん。忙しくても、たまに家にいる時はいろんなことを教えてくれて、わたしとの時間を大事にしてくれた。そんなお父さんだから後を継ぎたい、お父さんの期待に応えて、わたしも研究者の道に進みたいって思ったんだ。

そんなお父さんに、わたしは親より先に死ぬというひどい裏切りをしている。

はあと大きなため息が出た。このままじゃ、思考はどんどん悪いほうに向かっていくだけ。気分を切り替えるために、お父さんが持ってきてくれた本に手を伸ばした。

わたしのために、本屋さんで買ってきてくれたんだろう、きれいな表紙の今どきっぽい本だった。裏表紙であらすじを確認する。いじめで自殺した女の子が、幽霊になって現世に戻ってくる――か。

いじめはたしかにつらいだろうけれど、自殺なんてうらやましいな。自分の終わりを自分で決められるんだもの、ぜいたくな死に方だ。

わたしは、強制的に人生をシャットダウンされちゃうっていうのに。

本を開いたところで、個室のドアが開いた。のぞいた顔を見て、思わずげっと声が出た。

「……変態コスプレ男」

やれやれ、といった顔で楓馬が笑った。

「ひどくない？　変態とか。それにこの服、コスプレじゃないし」

「どう考えてもコスプレでしょ、そんな服、ファッションで着てたとしてたらセンスを疑うよ。それにあんた、わたしのストーカーじゃん。どうやってわたしの個人情報とか、ここに入院してるのかとか、調べたのかわからないけれど」

「やっぱり、僕が未来から来たっていうのは信じてくれないんだね」

「当たり前でしょう！」

ＳＦ映画じゃあるまいし、どうやって信じろっていうのか。これでも天才科学者の娘だ、わたしはリアリストだ。

「昨日は、僕も悪かったなって思ってる。いきなりあんなこと言われても、信じられるわけないよね」

楓馬はあくまで自分の未来人設定を崩さないらしい。どこまで中二病なのか。ひょっとして、精神科の患者さんとか？　格好以外、心を病んでる感じはしないけれど。

「だから今日は、陽彩ちゃんに信じてもらえるようにしようと思って」

「どういうこと？」

「百年後には、未来の科学で開発された、便利な道具がいろいろあるんだ。それを使って、陽彩ちゃんの望みを叶えてあげる」

「……ナントカえもんみたい」

あきれながら、これで勝った、と思っていた。この人、やっぱり馬鹿だ。自分が絶対にできないこと言っちゃって。どうせ病人の望みなんて些細なことだと思ってるのかもしれないけれど、なめられたもんだ。こうなったら、突拍子もないリクエストをして、困らせてやる。

「じゃあ、これ見て」

昼間希織と一緒に書いたノートの一ページ目を見せた。楓馬の目が丸くなる。

「バーでお酒を飲む……？」

「そう、わたし、まだ十六だもん。法的に飲酒しちゃいけない年齢だけど、せっかくだからこの世におさらばする前に、お酒ぐらい飲んでみたいなって。でも、無理だよね？　外出許可なんて下りないし、だいたいこの姿でどうやって年確パスするのって感じ。どう見ても高校生だもん。さあ、どうするのよあんた」

「簡単だよ」

「へっ？」

楓馬が得意げに笑うので、思わず変な声をあげてしまった。

楓馬が腰についているベルトに手をかざした。手品のように、なんにもない空間からすっと時計が現れる。四角い文字盤に、白いベルトの無機質な時計。小さなダイヤルがついている。

「これは見た目の年齢を、好きなふうに操れる時計なんだ。大人にもおばあさんにも、なんなら赤ちゃんにだってなれる。これで、年齢確認はなんなくパスできるよ」

楓馬のよどみない説明が、ちっとも頭に入ってこなかった。

第三章　デロリヤンに乗って

「嘘でしょ！　ぜったい嘘！　こんなの信じられるわけがない！　どこのメーカーか知らないけど、こんなのおもちゃに決まってる!!」

思わずまくしたてるわたしの前で楓馬は涼しい顔をしている。

ぱっと見は普通の文字盤にしか見えなかったその時計は、よく見ると一から十二までの数字の代わりに、一から五十まで、左右それぞれに数字が並んでいる。つまり、いちばん上の〇が、今の年齢。プラスマイナス五十歳まで、年齢を操作できる……そういうことなんだろう。

「こんな小道具まで用意するなんて、ずいぶん手が込んでるのね」

嫌味っぽい声を出すと、楓馬が涼しい顔で笑った。

「右に行くと時間が進んで、左に行くと時間が戻る。陽彩ちゃんはお酒を飲める年齢に見た目を操作したいんだから、右に四つか五つ、数字を合わせたらいいよ。文字盤の操作はそのダイヤルで。できたら時計を手首につけて、真ん中のスイッチを押して」

「押したら爆発するとか、ないでしょうね？」

「そんなわけないって」

こうなったら何も起こらないのを目の前で見せつけて、こいつを徹底的に詰めてやる。

そう思って右に四つ数字を進め、左手首に時計を巻きつけて、真ん中の赤いスイッチを押した。

ぽん、と軽快な音が鳴ったかと思うと、左手の先端から緑色の光が発され、毛細血管を走るように全身に広がっていく。わたしの身体が内側から、緑色に光る。

「え、ちょ、どうなってるの」

ものすごくテンパっていた。この時計、何？　わたしの身に何が起こっているっていうの？

やがてぎゅ――――ん、と機械的な音がして、目の前が一瞬緑と白の光で見えなくなる。やがてしゅぽんっ！　と容器から何かを取り出すような音と共に、全身の光が消えた。

おそるおそる、自分の両手のひらを見つめる。

別に、変わったところはない。いつもの自分の手だ。でもなんだろう、さっきまでより、少し視線が高くなったような気がする。もう高校生だからあんまり伸びないと思うけれど、四年分身長が伸びた……ってこと？　いやいや、そんな、本当に年齢を操れるとか、そんなわけないじゃない。

「鏡、見てみる？」

楓馬がそう言って何もないところからぽんっと鏡を取り出した。さっきこの時計を取り出した時も思ったけど、なんなんだろう、この手品。渡されたコンパクトミラーをのぞき込んで、息を呑んだ。

そこにいるのは、わたしであってわたしじゃなかった。全体の目鼻立ちは変わらないけれど、輪郭の丸みが少しやわらいで、大人の顔になっている。たしかにこれは、ハタチだ。どこからどう見ても、高校生じゃない。

信じられずに自分で自分の頬を触っていると、楓馬が今度は白いワンピースを渡してきた。

「さすがにパジャマのままってわけにはいかないでしょ？　これを着て」

「ずいぶんこざっぱりとした服だね」

「百年後の服だよ。色や形を、自由自在に変えることができる」

楓馬がいるのでトイレで着替える。見た目はただのぴっちりした、ちょっと着づらいワンピースだ。楓馬の銀色の服と似たようなデザイン。トイレから出てくると、楓馬はタブレットを差し出した。

「自分でオリジナルデザインにすることもできるけれど、人気のデザインから選んだほうが手っ取り早いと思う。バーだったら、そうだなあ……これとか、これ」

裾がひらっとしたダークブルーのワンピースや、肩部分がレースになったワイン色のワンピース。着たこともない、これから着る予定もない、大人っぽ過ぎる服を楓馬が次々出してくる。

「じゃあ……これで」

「青だね。選択して、送信……っと」

楓馬がわたしに向かってタブレットをかざすと、タブレットからフラッシュのような白い光が放たれる。

次の瞬間、白いワンピースは大人っぽいデザインの青のワンピースになっていた。裾はひらひらしていて胸元にはパールがついていて、甘いデザインなのにちっとも子どもっぽくなくて、淑女の品格さえ感じさせる。

「もしかして……楓馬って本当に未来から来たの？」

「だから、さっきからそう言ってるじゃない」

楓馬は優しげに微笑んで、今度は鍵を取り出した。

「僕の愛車で行こう」


息をひそめて個室を出ると、まだ消灯前。病院の廊下にはぽつぽつ行きかう人がいたけれど、誰もわたしに声をかけてこない。樹里ちゃんが廊下で池澤さんとおしゃべりしていた時はどきりとしたけれど、二人ともこちらを見ようともしなかった。

わたし、本当に十六歳の南部陽彩には見えないんだ。

楓馬の車は病院の屋上に停まっていた。降り続いていた雨が止んで、夜空を満月に近い白い月が、ぼんやりと照らしていた。その光を受けて、車の四角いボンネットがきらりと光る。

「これ……デロリヤン？」

三作作られた往年の名作、『バック・トゥ・ザ・フューチャー』で主人公が科学者ドクと共に過去や未来を行き来する車。普通の車は曲線的なデザインが多いのに、デロリヤンは鋭角的なフォルムだからよく覚えている。

「そう、よくわかったね」

「未来の人もバックトゥザフューチャー、知ってるの？」

「ああ、映画でしょ？　僕も見たことあるよ。でもこのデロリヤンは、過去や未来に行けるだけじゃなくて、空中や水中も走れるんだ」

「空飛べるの!?」

「飛べるよ。未来では空中にも道路標識があるんだ」

「……なんか、未来の道路交通法ってややこしそう」

楓馬がふっと笑い、助手席のドアを開けてくれる。紳士っぽい仕草についい、胸が高鳴る。

楓馬がキーを差し込み、エンジンがかかる。やがてデロリヤンが夜の上を滑り出した。道路もレールもない、眼下に夜景を眺めながらの夜のドライブ。うっとりしていると、後部座席から声がした。

「二十一世紀のトーキョーは、何もなくてうんざりする。東京《とうきょう》タワーだのスカイツリーだの、ニンゲンは高いものばかり建ててえらくなった気になりやがって」

「誰っ!?」

思わず振り向くと、紫色の球体が飛んでいた。表面に顔がついている。ぱたぱたぱた、と両手が翼になって器用にはばたいていて、ころんっとした身体には不釣り合いな細っこい足がついていた。

「な、なんなのこのヤバい生物！　鳥？　虫？　宇宙人？　楓馬、未来から地球外生物まで持ち込んできたの!?」

「失礼な！　ワタシは最新型の秘書ロボットだぞ」

小さく頬をふくらませる自称秘書ロボットを目の前に、わたしは固まっていた。百年後だからロボットくらいいそうだけど、こんな流暢《りゅうちょう》にしゃべるロボットが開発されているとは思わなかった。

「パオは僕の秘書ロボットなんだ。未来では、生まれた時からひとり一台、秘書ロボットが与えられる。教育から仕事のサポートまで、なんでもしてくれるんだよ。まあ、パオは僕の親代わりってところかな」

「親……ロボットが？」

「これだから古いニンゲンは。過去の常識を持ち込みやがって」

わたしはこっそり楓馬の耳元に口を寄せる。

「未来のロボットって、みんな口、悪いの？」

「パオは特別だよ」

楓馬の特別、には愛情が込められている気がした。

どこのバーに行きたいかと問われ、とにかく格好よくて普通の大人はなかなか行けないようなところがいいと言うとパオには「またこれだから古いニンゲンは」とあきれられたけど、楓馬は六本木《ろっぽんぎ》のホテルの最上階に連れていってくれた。ホテルの屋上にデロリヤンを停め、楓馬もさっきの時計をもう一台取り出して、大人に化ける。もともと大人っぽい顔立ちの楓馬が二十歳になるとさらに背が伸びてなんだか色気まで出てきて、隣にいるだけで背中がこそばゆくなった。

「いらっしゃいませ、二名様ですね」

バーの入口で店員さんに聞かれ、またもや固まってしまったわたしに楓馬は「二人です」、とにこやかに告げた。男女二人だからなのか、眼下に東京タワーを眺められるいちばんいい席に案内されてしまった。

楓馬がオレンジ色のカプセルを取り出す。

「これ、未来のサプリメント。毒素を無効化する効果がある」

「何それ、すごい」

「アルコールも毒素だし、陽彩ちゃんの心臓には良くないでしょう。飲んでおいたほうがいいよ」

「未来って、便利だね」

一緒にもらったペットボトルの水――これはただの水だった――と一緒に薬を飲んだ後、メニューを開いてお酒を選ぶ。しかし、写真が出ていないのでどれがどういうお酒で、どんな味がするのかまるでわからない。モスコミュールやジントニックはなんとなく聞いたことあるけれど、マルガリータって何？　カクテルなのにピザの味がするの？　そんなの絶対おいしくない！

「陽彩ちゃんは果物だと、何が好き？」

二十歳の顔になった楓馬が言う。

「果物かあ。うーん、桃かな」

「桃のカクテルあるよ。ベリーニっていうんだけど。甘くて飲みやすいと思う」

「じゃあ、それで。ていうか、楓馬ってお酒飲むの？」

「こんな薬があるんだから、未成年がお酒飲んじゃいけないって法律は必要なくない？」

「たしかに」

つまり、未来では子どもでもお酒も煙草もぜんぜんオッケー、ということなのか。うーん、未来ってすごい。デロリヤンはあるし、パオみたいな優秀なロボットはいるし。

まもなく、ベリーニが運ばれてきた。細長いワイングラスに入ったサーモンピンクの液体は、表面にメレンゲみたいな細かい泡が浮かんでいる。楓馬とかちん、とグラスを合わせた。

「出会いに、乾杯」

楓馬のちょっとキザな台詞に、思わず口元が緩んでしまう。

ごくり。ひと口飲むと、桃の甘さとみずみずしさが口の中に広がる。たしかにこれは甘くて飲みやすい。ほとんどジュースだ。お酒が入ってるなんて信じられない。

「楓馬は何頼んだの？」

「ギムレット」

「へー。わたしも飲んでみたいな」

「〝ギムレットには早すぎる〟」

「え？　最後に飲むお酒なの？」

「『ロング・グッドバイ』の台詞だよ」

「未来の映画？」

「いや、陽彩ちゃんからしても昔の小説だよ」

「楓馬ってさっきのバックトゥザフューチャーのことにしてもそうだけど、古いものをいろいろ知ってるんだね」

楓馬が色っぽい口元でにこ、と笑った。

「未来にはロボットがたくさんいるし、家事も仕事も勉強も、この時代より格段に楽になっているからね。その分、自由に使える時間がたくさんあるんだ。僕は二十世紀の小説や、映画が好き。『ショーシャンクの空に』とか、『レオン』とかね」

「レオン！　わたしも好き！」

そのまましばらく、楓馬と映画の話でひとしきり盛り上がった。楓馬はショーシャンクの空にを何度も観たらしく、図書係のおじいちゃんがカラスをかわいがるサブストーリーが好きだと、二人の意見が一致した。パオはぬいぐるみのふりをして、机の端っこでおとなしくしている。

いろいろなカクテルを頼んだ。ピザの味がするかと思ったマルガリータは、ライムの爽やかな味がした。

「楓馬は、ほんとイケメンだにゃー。モテるでしょ？　この色男め！」

「いや、別にモテてないけど……てか、陽彩ちゃん、酔ってる？」

「酔ってにゃい！　陽彩、酔ってませんのです！」

なんだか、頭がぼやぼやする。見えるものすべてがきらきらしていて、二十歳になった楓馬の顔がさっきよりくっきりしているような気がする。自然とテンションが上がって自分なのに自分じゃなくなったみたい。

「おかしいなあ、アルコールは無効化されてるはずなのに……雰囲気だけで酔ったの？　そんなことある？」

「おかしくない！　陽彩、何もおかしくないにゃー！」

そう言いながら楓馬の肩に頭をのせた。柔軟剤なのか、とってもいい香りがする。よくあるケミカルな甘ったるい香りじゃなくて、月の光ににおいがあったらこんな感じなんだろうな、っていうにおい。楓馬はちょっとぎょっとして、店員さんにお水をもらっていた。

二時間ほどバーにいた後、支払いを済ませてホテルを出る。楓馬はこの時代のお金をちゃんと持っていて、「今日はおごるよ」とスマートに払ってくれた。そんな姿が、同い年の男の子のはずなのにすごく大人に見える。

「ねえ、わたしの運命を変えに来た、って言ったよね？」

再び眼下に夜景を眺めながら夜の街をドライブし、病院に戻りながら楓馬に聞く。パオは窓を開けていると初夏の夜風が入ってきて、意識がすっかり落ち着いていた。パオは未来のやたらぴかぴかしたUSBのようなものにつながれ、充電されていてお休み中。

気持ち良さそうに眠っている。

「あれって、どういう意味？　わたし、もしかして死ななくて済むの？」

「僕の言うとおりにすればね」

ハンドルを握りながら楓馬が言った。

生まれつき心臓に奇形があって、手術もできなくて、いよいよあと三ヵ月なんて言われてしまって。文字通り人生終わった、って思った。どうしてわたしなの、とも思った。希織も、樹里ちゃんも、まだ若くて未来はきらきらした可能性をいっぱい秘めて目の前に広がっている、なんでわたしだけそうじゃないの、って。

でも、楓馬が現れた。

まだ現実感がないけれど、この子はどうやら本当に未来から来たらしい。その男の子が、わたしの運命を変えようとしてくれている。

地獄に落ちた罪人に、お釈迦様が蜘蛛の糸を垂らしてくれた時って、まさにこんな気持ちだったんじゃないかな。

「言うとおりにするよ、なんでも。命が助かるなら」

力強く言うと、楓馬はこくっとうなずいた。それにしても、ハンドルさばきがうまい。

というか……これってデート、だよね？

男の子と二人きり、密室。って、うわあ。

なんだか急に恥ずかしくなってしまって、楓馬から目を逸らし、外に視線を移した。まるまると太った月が東京の夜空を白く照らしていた。

「未来ではね、免許は十二歳からとれるんだ」

「へぇ、すごい」

「車の運転が簡単になったし、田舎は車がないと暮らせないからね」

「それは今も変わらないよ。未来にも田舎とかいう概念があるのがびっくりだけど。ねぇ、二十二世紀の世界はどうなってるの?」

「それは、企業秘密」

「ケチ」

「教えちゃいけないこともあるんだよ」

楓馬はくいっ、くいっと器用にハンドルを切りながら続ける。その横顔は道具を使って大人に見せているとはいえ、それ以上の、いろいろなことを経験してきた人間にしか出せない深みのある表情をしていた。

「僕がここに来たのは、仕事なんだ」

「わたしと同い年なんだよね? もう働いてるの?」

「未来では三歳から十二歳までが義務教育で、その後働くんだ。僕は政府の役人だよ。

未来の人間は基本的に、歴史に干渉することは禁じられている。でも、例外があるんだ」

「例外」

繰り返すと楓馬はうなずいた。

「必要と判断されれば、歴史に干渉することもできる。きちんと上層部で審議された上での、許可がいるけれど」

「それって……未来では、わたしが死なないほうがいいって判断されたってこと？」

「まあ、そうだね」

「あ、わかった」

点と線がつながったような気がした。後部座席からくおおおお、といびきが聞こえてくる。ロボットなのにいびきかくんだ。変なの。

「わたし、お父さんの後を継いですごい研究者になって、このデロリヤンとか、すごい発明品いっぱい作るんでしょ。だからまだ死なれたら困る、ってことか」

「わかっちゃったか」

楓馬はいたずらがばれた子どもみたいな顔で笑った。そういう顔をすると、やっぱりわたしと同じ、この時代の高校生の年齢の男の子だ。

ちょっと距離が縮まった気がして、ずっと気になっていたことを聞いてみた。

「ねえ、未来ではそういう髪色が流行ってるの?」

「まあね」

なんとなく、歯切れの悪い物言いだった。やっぱりこの髪、病気かなんかなのかな。

それにしても、楓馬ってほんとに大人っぽい。わたしと歳が変わらなくてもちゃんと働いてるからだろうか。同い年の男の子たちよりも、いや女の子よりも、ずっと落ち着いて見える……。

「そろそろ、病院つくよ」

楓馬が言った。デロリヤンが高度を下げ、病院の屋上が近づいてきた。

パオはまだいびきをかいている。

第四章　信じてほしくて

梅雨の晴れ間の白っぽい朝日が降り注いでいて、室内の細かな埃が浮かび上がる。雪のようにちらちら舞う埃の粒が幻想的に見える。

今日は朝から、気分がいい。いつもはおいしくなくて残してしまう病院食もぜんぶ食べられたし、回診の時にもお医者さんに「調子がいいですね」って言われた。実際、昨日より身体がずっと軽くなっているのを感じる。

なんてったってわたし、もう死ななくていいんだもん。

「陽彩ちゃん、今日は顔色がいいわね」

お昼ご飯を持ってきた池澤さんが言った。

「ほっぺたがピンク色で、表情もいきいきしていて、病人じゃないみたい。なんか、いいことあった？」

「まあ、あったといえば、あった、かな？」

「もしかして彼氏？」

反射的に楓馬の顔が浮かぶ。生まれてはじめての男の子と二人っきりのドライブ。もしかして、いやもしかしなくても、あれはデートだった。

「そんなわけないじゃないですかー！」

「お、照れちゃって。ということは、そうなんだなあ」

「違いますよー！」

「大丈夫よ、お父さんには秘密にしておくから」

ぱちっとウインクする池澤さん。うーん、本当に楓馬は彼氏とか、そういうんじゃないんだけど。

でもまさか、未来からやってきた男の子のおかげで死ななくてよくなりました、なんて言えるわけない。

「あ、陽彩ちゃん」

お昼ご飯のあとラウンジに行くと、樹里ちゃんがいた。わたしを見てにぱっと笑顔になる。

「今日、もしかして体調いい？」

「うん。すごい、よくわかるね」

「わたし、小さい頃からよく入院してたからさ。ひとの具合がいいか悪いか、普通よりもわかるようになったみたい」

そう言う樹里ちゃんに、楓馬のことを話したくなっていた。絶対信じてもらえないだろうけど。

だって、死ななくて済むんだもん。わたし、これからも生きていっていいんだもん。誰かにこの喜びを伝えたくて仕方ない。

でも池澤さんも樹里ちゃんも駄目。お父さんなんて論外。わたし以上にリアリストのお父さんが、こんな話信じてくれるわけがない。この場合、わたしが唯一伝えられる相手となると……。

「陽彩がめちゃくちゃしんどいのはわかってたけど、だからって陽彩にかぎって、そんな妄想に走るとは思わなかった」

夕べのことを話すと、希織はあきれた顔で言った。わたしは小さく肩をすくめる。

「やっぱ、信じてくれないか……」

「信じられるわけないでしょう！　百年後から来ただの、デロリヤンだの、ロボットだの！」

はあああ、と大きなため息をつく希織。この反応を予想してなかったわけじゃないとはいえ、夕べから沸き立っていた気持ちが急激にしゅるしゅるしぼんでいく。

「つらいのはわかるけどさあ、だからって妄想に逃げていても仕方なくない？」

「だから妄想じゃないんだってば」

「はいはい、わかった。夢でも見たんだよね、現実逃避したい気持ちから、そんな明るくて楽しい夢を見たんでしょ？」

昨日のことは夢じゃない。はじめて飲んだお酒の味も、パオの毒舌も、楓馬のやわらかな笑顔も、はっきりと鮮明に覚えている。夢ならもっと、荒唐無稽《こうとうむけい》なはずだ。

でもう、希織は何を言っても信じてくれないだろう。希織は占いとかおまじないとか幽霊とか未来人とか、そういうことはまず信じない現実主義者。わたしもその傾向は強いし、楓馬のことだって最初はたちの悪い冗談だと思ってた。でも、目の前であんな不思議なことがいくつも起こったんだ、信じざるをえない。

「希織も楓馬に会えばわかるって。未来から取り寄せた不思議な道具を、いっぱい持ってるの」

「なんだか、某猫型ロボットの劣化版みたいな夢だね」

「だから夢じゃないんだってば」

「はいはい、わかりました」

ぱんぱん、と希織は手を打ってこの話を終わらせてしまった。

「夢を見るのはそれくらいにして、現実よ、現実！　今この瞬間、陽彩の今やりたいことは？」

昨日のノートを取り出して言う希織。わたしは小さく首をかしげる。

「うーん、そうだね。あと三ヵ月、いや、余命宣告されて一ヵ月経っちゃったから、もう二ヵ月しかないのか……今やりたいこと、ねえ」

「なんかあるでしょ？　食べたいものとか、行きたいところとか」

「行きたいところ、か。ハワイはまた行ってみたいな」

こううまい。

希織がノートに「ハワイに行く」と書き込む。ヤシの木の絵まで添えていた。けっ

「お、いいじゃん」

「幼稚園の頃一度だけ、お父さんに連れてってもらったの。でもぜんぜん遊べなかったからさ、ちょっと未練があるっていうか」

「ハワイに行ったのに観光しなかったの？」

「仕事だったから。お父さんがハワイアンロボットっていう、ハワイのダンスをするロボットを開発して、そのお披露目で呼ばれたんだよね。仕事のついでで、時間がなかった」

お父さんのことは大好きだ。でも父ひとり子ひとりの家庭、子どもの頃、寂しさを感じなかったかといえば嘘になる。

留守がちのお父さん、面倒を見てくれるのはシッターさん。シッターさんはあくまでシッターさんで、親ではない。小さい頃にじゅうぶん甘えられなかったせいか、わたしは希織以外の人には素直に甘えられない、というか、心の内側を見せるのが苦手だったりする。小さい頃からお金持ちの子だの、お嬢さまだのと言われて、子どもたちの輪に溶け込めなかったのも関係があるだろう。

「どうしたの、陽彩」

希織がうつむいたわたしの横顔をのぞき込む。目がちょっと不安そうだ。

わたしはにっと口角に力を入れる。

「なんでもないよ。他にやりたいこと、考えてみよう」

そう言うと、希織はそう来なくっちゃ、とにこっとした。


希織が帰って、夕ご飯の時間になって、それからお父さんが面会に来て。

消灯時間になり、わたしは参考書を取り出した。勉強なんてもう無意味だって思ってたけど、でも入院時、これだけは他の小説や漫画と一緒に持ってきてしまった。英語の本で中学校まで習う文法が網羅してあって、たくさん書き込みや付箋がある、いちばんよく使っていた、大事な本。

天才科学者の娘なので、一応、勉強は得意なほうだ。わたしがテストで百点を取るとお父さんは頭をくしゃくしゃやって褒めてくれて、その笑顔が見たくてもっともっととがんばった。家庭教師をつけてもらったり塾に入る前から、自主的に勉強をしていた。

まあ、そんなところさえも、希織以外の人からは「近寄りがたいガリ勉」なんて言われて、距離を置かれる原因になってたけれど。

何度も開いたページをめくっていると、ドアが開いた。白い頭がのぞく。

「楓馬」

出した声がはずんでいるのが自分でもわかった。

楓馬が目元にぎゅっと笑い皺を作る。

「こんばんは、陽彩ちゃん。ごめんね、来るのがこの時間になっちゃって」

「今日はもう来ないのかなって、待ちわびてたよ。楓馬に会うの楽しみにしてたから」

言ってしまって、つい頬が赤くなる。

わたし、会ったばかりの男の子になんかすごい恥ずかしいこと言ってない？

「うれしいよ、そう言ってもらえると」

目元の皺をよりいっそう深くして、椅子に腰掛ける楓馬。なんだか大人な反応に、胸がきゅん、とうずく。

「今日は何してた？」

「検査もないし、いつもどおり。相変わらず、薬はたくさん飲んでるけど」

「薬かあ。未来からもっといい薬、持ってくればよかったな」

昨日のサプリメントを思い出す。未来の医療技術って、発達していそうだ。楓馬は振る舞いがすごく大人っぽいから、実はこの見た目で三十歳くらいだったりするのかもしれない。不老不死が叶って、病気もない未来。そうなってたらいいな。

「ねえ、未来ってどんな世界になってるの？」

「それは教えられない。昨日も言ったけど」

「ケチ」

「また昨日と同じこと言ってるし」

「だって知りたいんだもーん！」

ノリよく、ぽんぽん進む会話。なんか、希織や樹里ちゃんやお父さん以外の人と、こんなに楽しく話せるのって、内向的なわたしにはすごく珍しいことのような気がする。いつも人との間に壁を作って、距離を置いて生きてきてしまったから。

楓馬はその壁を簡単に取っ払って、わたしの心の真ん中にすとんと落ちてきた。

「ねえ、楓馬に会わせたい人がいるの」

そう言うと、楓馬は軽く目を見開いた。

「誰なの？」

「わたしの友だち」

「なんで僕に会わせたいって思ったの？」

「だって、未来人に会ったって言っても、信じてくれないし」

楓馬がもう一度目をぱちくりさせる。

「陽彩ちゃんって、思ってたより大胆なところあるよね。普通、そういうことなかなか人に言えないもんだと思うんだけど……」

「まあ、言ったら馬鹿だと思われちゃうしね。でも希織は違うの、幼馴染で、ほとんど唯一の友だちだから」

「でも信じてくれなかったんでしょ？」

「だから、直接会ってもらうの。百聞は一見に如《し》かず、って言うでしょ」

ついでにお願い！と手を合わせるポーズをすると、楓馬は神妙な面持ちになった。

「歴史に干渉することは禁止されているからな……陽彩ちゃんの運命を変えるのはいいんだけれど、他の人の運命まで変わると困る」

「そこをお願い！　てか、そんなに簡単に運命なんて変わらないよ」

「変わるんだよ。バタフライエフェクトって知ってる？」

「ああ……蝶のはばたきが嵐になるとか、そんなんでしょ？　風が吹けば桶屋が儲かる的な、アレだよね。でもほんとかなって思う」

「それが、ほんとなんだよ」

　楓馬が軽く身を乗り出す。

「世界を変えるような大変革は、ちょっとした出来事からはじまる。世界じゅうを巻き込むような戦争だって、最初はこんなことがきっかけなの、ってことだったりするだろう？　歴史って、そんな些細なことの連続で運命が変わって、作られていくんだ。たとえばAの運命が変わると、その家族のBの運命も変わる。そうなると、歴史は結果的にだいぶ変わってしまったりする。言いたいことわかる？」

「まあ、なんとなく」

某国民的猫型ロボットのアニメに出てくる、タイムパトロールを思い浮かべていた。主人公たちが過去にさかのぼってあれこれやると、最後は必ず登場してくるあの人たち。

楓馬は百年後で、タイムパトロール的な仕事をしているのかもしれない。そのへんを聞いたら、また守秘義務とか言ってはぐらかされそうだけど。

「とにかく、この時代で陽彩ちゃん以外の人に会うことは、できれば避けたいんだよね。その希織ちゃんが、誰かに僕のこと言わないって保証もないし」

「希織なら大丈夫だよ！　口、かたいもん！」

「うーん。そこまで言うなら、仕方ないな。大事な友だちだもんね。上に確認してみるよ。数日、時間もらえる？」

「わかった、ありがとう！」

「まったく、ニンゲンは本当に愚かで浅はかだな」

楓馬の後ろから、ひょこっとパオが顔を出す。

「友だちに楓馬を自慢したいんだろう？　未来人がそんなに珍しいのかい」

「珍しいに決まってるじゃない！　幽霊とか宇宙人ならまだしも、未来人だよ？　タイムマシンが発明されたって、証明してるようなものでしょ？」

「タイムマシンねえ。あの車がそんなに価値のあるものとはえないね」

「そりゃ、パオや楓馬からすれば当たり前なんだけど、わたしの感覚では天地がひっくりかえるような大騒ぎなの！」

ふん、とパオが憮然とした顔で鼻を鳴らし、楓馬がパオのおでこをちょんとつつく。

「毒舌はそこまで。パオ、上にメールするから、手伝ってくれる」

「はいはい、仕事ならきちんとやりますよ」

「じゃあ、僕たちは今日はこれで。あまり一緒にいられなくてごめんね、陽彩ちゃん」

楓馬がそう言ってにっこり笑って、心の奥がぽっと熱くなった。


その次の日、楓馬に会った時、上からの許可が取れたというので、希織にラインした。希織はまだそんな妄想に浸っているのと相手にしなかったけれど、半ば強制的に、消灯時間の後こっそり病院の屋上に来てもらうことにした。

六月の夜、病院の屋上は静かだった。雨は止んだけど空は雲がかかっていて、月は見えない。夜の裾には町の明かりがぽつぽつと灯っている。夏のはじめの湿気をふくんだ風が髪を撫でた。

「楓馬に会うの、いつも夜だよね」

「僕は夜にしか行動できないから」

楓馬がわたしから目を逸らして言った。

「楓馬ってもしかして、夜勤だったりする？　お父さんの知り合いにいたよ、夜勤の人。昼夜逆転しちゃって、休みの日に昼間用事をこなそうとしても、身体がまったく動かないんだって」

「まあ、そんなところ」

何かをごまかすような笑顔だった。

楓馬はもしかして何かの病気なのかな。太陽の光に当たると具合が悪くなる、そんな人もいることは知っている。それに楓馬は髪も老人のように真っ白だ。瞳や眉毛は真っ黒だから、この髪は生まれつきではないのだろう。

でもこれ以上聞いちゃいけないことの気がして、話題を変えた。

「十二歳まで勉強するっていうけど、楓馬はなんの科目が得意だった？」

「うーん、特にどれがずば抜けて得意ってわけじゃないけど。しいていえば、数学は好きだったな」

「数学かあ。わたし数学苦手」

「天才科学者の娘なのに？」

「もう、それ言うのやめてよー。小学二年生の時、テストで九十点取って、百点取った男の子にお前なんで百点じゃないんだよ、お父さんは天才なのにって言われた」

「それ、ひどいね」

楓馬がぎゅっと眉根を寄せ、しかめっ面になる。

「ひどいでしょ。でもその時、わたしをかばってくれたのが希織だったの。これから会ってもらう友だち」

「いい子なんだね、その、希織ちゃんって子」

「うん、すごくいい子」

修学旅行の班決めであぶれそうになってたわたしに、声をかけてくれた希織。

中学校の時女子同士の抗争でハブられかけてた時に、助けてくれた希織。

休日もたくさん、一緒に遊んだ。二人で原宿に行った時には十円パンを食べた。

おそろいの服で双子コーデしたり、わたしの好きな映画の話を熱心に聞いてくれたり、希織と過ごした日々はいつもきらきらしていた。

すごく大切な友だちだから、楓馬のことを信じてほしい。

「お、誰か来たぞ」

パオが言って、階段を上る足音が近づいてきた。

ドアが開いて希織は目を丸くした。楓馬がこんばんは、と挨拶する。

「はじめまして。楓馬です」

「えっと……あんた、何？　なんでそんな髪の毛でそんな格好してるの？　それに、その車、もしかしてあんたの？　どうやって屋上に運んだわけ？」

マシンガンのように疑問をぶつける希織の手を引く。

「あの車ね、時空を自由に行き来できるの。空も飛べるし、他の人からは見えないんだ。ねえ、希織はどこに行きたい？」

「どこって……ええと、もう、何がなんだか」

希織はあきらかに戸惑ってる。とどめに楓馬の肩からパオが顔を出して、希織は驚いてひっくりかえりそうになっていた。

「な、ななな、何よ！　この変なの！」

「変なのとは失礼な。未来の秘書ロボットだぞ」

「やばい。どうしよう。あたしまでわけのわからない夢見ちゃってる……」

頭を抱える希織。そうとう参ってるみたいだ。

「陽彩ちゃん、どこ行く？」

なんとか希織を後部座席に押し込んだ後、ハンドルを握る楓馬が言った。

「うーん。ねえ、ハワイって行ける？」

「もちろん。ワープできるから、あっという間につくよ」

「ワープだって！　希織、すごくない？」

「もう、いい加減ネタバラシしてよ陽彩！　ドッキリでしたってプラカード、どこにあるの？」

「そんなものはない」

パオがむっつりと答え、楓馬がくすっと笑う。

「オッケー、ハワイね。時空を通り抜けるから、一瞬Gがかかるよ。耳抜きしておいたほうがいい」

デロリヤンを銀色の光が包み込み、あたりが真っ白になる。希織がきゃあ、と悲鳴をあげた。

第五章　ワイキキのビーチで

光のトンネルをデロリヤンが疾走していく。

一瞬、周りにいろんな風景が浮かぶ。アフリカらしいサバンナとか、ピラミッドがそびえたつ砂漠とか、中国の万里《ばんり》の長城《ちょうじょう》とか。

それらがぱっとすべて消え、光がなくなったと思ったら、目の前にターコイズブルーの海と、海の色をそっくり写し取ったような青空が広がっていた。

ベージュ色の砂浜で日光浴をしている水着姿の人たち、波打ち際ではじける白い泡。

ぬるい南国の風が吹いてきて、髪の毛をふわりと持ち上げる。

「ほんとに、ハワイ……？」

希織が呆けた顔で言った。

「ほんとにハワイだよ、希織！　やったね、わたしたち、二人でハワイに来れたよ！」

「ありえない……」

希織は頭を抱えている。そしてぱっと顔を上げたかと思うと、楓馬に噛みついた。

「あんた、いったい何者？　陽彩に近づいて、何がしたいの!?　陽彩に変なことしたら、あたしが許さないんだから！」

「希織、楓馬は怪しい人じゃないよ」

「どこをどう取っても怪しいでしょ！」

希織は今度はパオをにらみつける。あまりの圧に押されて、パオが飛びのく。

「だいたいなんなのよ、この虫みたいなやつ！　ロボットだっていうのは間違いないっぽいけど。未来から来たとして、なんの目的で陽彩に近づいたの？」

「ええと……話すとけっこう長くなるんだけど」

「とりあえず、二人で遊んできたら？」

そう言ってこの前のタブレットを操作するだけで自由に形が変わる特殊な服を二枚差し出す楓馬は、顔がちょっと青ざめていた。

「これで、好きな水着を選んだらいい。ワイキキビーチ、気持ち良いよ」

「わー、ありがとう！　ていうか、楓馬平気？　なんか、具合悪そうだけど」

楓馬が無理やりな感じの笑顔を作る。額に脂汗が浮かんでいる。やっぱり、病気なのは間違いなさそうだ。

「大丈夫。ちょっと直射日光がひど過ぎて、体調がおかしくなっただけ。僕とパオはデロリヤンの中にいるから、気にしないで遊んでおいで」

「わかった、行こう！」

少し不安だけど、毒を無効化するとか、すごい薬を持っているから、楓馬はひとりにしておいても大丈夫だろう。というか、パオがいるんだしひとりじゃない。

強引に希織の手を引いて外に出て、ヤシの木の陰で着替える。タブレットを構えて、最初は希織から。希織のイメージにふさわしいオレンジのボーダー柄の水着を選んだ。

ぱっとフラッシュの光に照らされた次の瞬間には、希織は水着姿だった。

「何これ……すごい……」

「でしょ？　未来の科学力ってすごいよね」

「未来……未来かあ。もうここまで来ると、否定する気にもなれないや。そうか、あの楓馬って子は未来人なんだもんね……未来……未来……うん……」

希織はよほど衝撃が強かったらしく、未来、未来となおもしばらく繰り返していた。

「希織、わたしの着替えもお願い！　水着は……そうだなあ。この水玉がかわいい！」

フラッシュを浴びると、白と黒のドット柄の水着がぴたりと身体に貼りついていた。

わたしはまたまた強引に希織を引っぱって、ワイキキビーチに繰り出す。青く青く、どこまでも広がっている海と、照り付ける真っ白な日差し。足の裏に当たる砂のざらざらした感触さえ気持ち良い。

なんか、生きてる、って感じがする。余命宣告されて、死が近いとわかって、ずっとあきらめて生きてきたけれど。わたしはまだまだ、この世界で生きていける。知らなかったものに、これからいくらでも出会える。

「ほーら希織、いっくよー！」

波打ち際まで走って、希織に思いきり水をかけると、希織はとっさに両腕でガードしたけれど頭からびっしょり水をかぶってしまった。

「やったな。このお！」

「わー、ちょっとは手加減してよー！」

「陽彩が最初にやったんじゃん！」

そのままわたしたちはしばらく、波打ち際で遊んだ。小学校の時の、プールの授業を思い出していた。あの時も希織と一緒に、こうやって水をかけあって遊んだっけ。まだ夏にはちょっと早い時期でけっこう寒くて、でも遊んでたらどんどんあったかくなって、塩素のにおいさえいい香り、だなんて思っちゃって。

生きているって、なんて素晴らしいんだろう。

遊び疲れた後、ホテルのカフェで希織とお茶をすることにした。ビーチが見渡せるカフェで、メニューはフルーツジュースとかパフェが多い。わたしはパインジュース、希織はピーチジュースを頼んで、パンケーキは二人でシェアすることにした。ちなみに支払いができるように、楓馬からいくらかお小遣いをもらっている。

「わー、めちゃくちゃおいしそう！」

「すっごい豪華だね」

ホイップクリームとフルーツが山盛りになったパンケーキは、パイナップルとかマンゴーとかいちごが宝石みたいにきらきら輝いていて、ひと口食べるとフルーツの甘さと生地のやわらかさがふんわり舌の上で溶け合い、絶妙なハーモニーを奏でる。こんなパンケーキ、食べたことない。

「陽彩とこうやって遊ぶの、久しぶりだね」

何口かパンケーキを食べた後、希織が言った。

「原宿で遊んだ時も、パンケーキ食べたよね。こっちのほうがゴージャスだけど」

「だね。また希織と遊べる日が来るなんて思わなかった。病気で、文字通り人生オワタ、って思ってたから」

「ごめんね。陽彩の話、信じられなくて」

妙に真剣な口調の希織に向かって、ぶんぶん首を横に振る。

「ううん、いいの、謝らなくて。あんな話、信じちゃうほうがおかしいもん。わたしも最初は信じられなかったし」

「でもさ、どういうことなの？　楓馬くんは陽彩の運命を変えに来たってのは聞いたけど、なんのためにそんなことするの？」

「それはね……」

そこでわたしは、希織に話をした。未来でわたしは天才科学者としていろいろな発明をする予定だから、未来を変えないために、過去で楓馬がわたしを救おうとしていることを。

希織は真摯に、わたしの話に耳を傾けてくれた。

「なるほど。じゃあ陽彩はお父さんの後を継いで、未来ですごい発明をするんだね」

「そういうことだよ。わたしにお父さんと同じようなことができるなんて、どうしても信じられないけれど」

たかだか十六年しか生きていなくても、既に自分にはお父さんのような才能はない、ということぐらいは知っている。

わたしは理系科目があまり得意じゃない。得意じゃないとはいっても、進学校に入れるくらいの成績はとれるけれど、天才科学者の娘としては微妙な成績だ。そのぶん、語学は好き。幼稚園の頃に子ども向けの英会話教室に入れてもらって、そこで日常会話レベルの英語を学んだから、実はお父さんよりも会話がうまかったりする。洋画も観るので、外国の文化には興味があった。

中学に入ると英語だけじゃ飽き足らず、お父さんに頼み込んで、フランス語やドイツ語の通信教材を取り寄せてもらい、学ぶようになった。まだうまくはしゃべれないけれど、簡単な読み書きくらいはできる。

だから、中学三年生になって、進路のことが頭にぼやぼやと浮かびはじめた頃、いつか世界じゅう、いろいろな国をまたいで活躍する人になりたい――そんな夢を、ぼんやりと持つようになった。ひどい時は何週間も研究所に缶詰で家に帰れない、そんなお父さんの人生を否定はしないけれど、自分はもっと広い場所で活躍したい。そう思っていた。

語学ができれば、就ける仕事はいろいろある。通訳、翻訳、旅行関係もいい。異なる文化に触れ、その国の人と交わる仕事は楽しそうだ。

「陽彩、そんな夢持ってたんだ。びっくりした」

「話したことなかったからね」

はじめて自分の夢を希織に話した。希織は最後のパンケーキをぱくりとたいらげてしまった後、言った。

「なんか意外だな。陽彩がそんな、アクティブな夢持ってるなんて」

「そう？」

「陽彩って、どっちかっていうとおとなしいタイプっていうのかな。そんな、世界で活躍したいみたいな、大それたこと言う子じゃないって思ってたし」

「変かな。わたしがそんなこと思うの」

「変じゃないよ。むしろ応援する」

希織が生クリームのついた唇でにこっとする。

「楓馬くんのおかげで陽彩の運命が変わったら、その夢、実現させてみたら？　生きてれば、たいがいのことはできるでしょ？」

「うーん。お父さんがなんて言うかなぁ」

　お父さんの後を継ぐのが、自分の使命。ずっとそう思って生きてきた。小学生の頃から天才科学者の娘ということでインタビューを受けたことが何回かあったけど、将来の夢を聞かれると必ず「お父さんのあとをつぐこと」と答えていた。お母さんがいないから、お父さんに育ててもらった恩をそういう形で返したかった。

　そう希織に言うと、希織はふんふんとうなずいてから言った。

「陽彩の気持ちはわかるけどさ。陽彩がすべてひとりで受け継ぐこともなくない？　他にお父さんの後を継げる、優秀な人がいるかもしれないじゃない？」

「それってなかなか難しいよ、科学の世界はけっこうどす黒いから。本当に信頼できる人に任せないと、大変なことになる。お金の問題も出てくるし、人も巻き込んじゃうんだって。お父さんは研究内容についてはあまり話してくれないけど、そういう、科学者の裏事情みたいなのは、小さい頃からよく聞かされた」

「なるほどね……」

　だから、血のつながった娘に託せるなら、お父さんにとっても誰にとっても、いちばんいいと思っていたのだ。わたしなら悪用する心配もないし、お金の問題で揉めることもない。

「ていうか、だいたいさ。わたし、未来ですごい発明をするんだよ？　そのために、わたしの命を守るため、今楓馬が来てるわけで……わたしの将来は、既に決まってるんだってば」

「でもさ、陽彩は別に、ひとつのことしかやっちゃいけないわけじゃないでしょ？　お父さんの研究を継いで、なおかつ自分のやりたいことをやる。それじゃ駄目なの？」

「……希織って、なかなか欲張りなこと言うね」

「そうかなあ」

くすっと希織は微笑んだ。死の恐怖が取り除かれたせいか、今は希織の笑顔がただまぶしく見える。

「人生、欲張りじゃなきゃやってられなくない？　求めよ、されば与えられん、だっけ。欲しい、って思うことは悪いことじゃないんじゃないかな」

「なるほど、ね……」

「謙虚が美徳、なんてそんなこと実際は絶対ないよ。欲しいものをまっすぐ取りに行くぐらいじゃないと、楽しくないんじゃない？」

「そう、かも」

そう言ってわたしたちは顔を見合わせ、ふふふっと笑った、その時。

心臓にぴきっとヒビが入ったような気がした。

ヒビは瞬く間に胸全体に広がっていって、痛みで息ができなくなる。右手で胸を、左手で喉を押さえてテーブルの上に突っ伏したわたしに、希織が叫ぶ。

「陽彩！　どうしたの!?」

痛みでもう、答えることができない。

ぜいぜいぜい、ありったけの力を気道に込めて、なんとか呼吸をしようとする。これは発作だ。あの日、病院に運ばれた時も、これと同じ痛みを経験した。大丈夫、落ち着いて。こういう時のために薬がある。でもここは……病院じゃない。ナースコールも薬もない。地球の反対側、ハワイに来てしまった事実に気が遠くなる。

「陽彩!!」

希織の声が遠ざかって、視界が真っ暗になる。今にも意識が途絶えそうな、その時。

「陽彩ちゃん」

楓馬の声が耳元でして、がしっとたくましい腕に抱きかかえられた、気がした。

どろっとしたゼリー状のお風呂に浸かっていたような意識が少しずつ水面に引き上げられていく。

まず目に映ったのは見慣れた天井。病院だ、ということがわかる。身体じゅうにみっしり疲れが溜まっていて、すぐに動かせない。カーテンの隙間から青白い光が入ってきて、夜明けが近いことがわかる。

「気がついた？」

楓馬の声だった。

楓馬はベッドのすぐそば、椅子に腰掛けて心配そうな目でこっちを見ていた。心なしか、髪がよりいっそう白さを増したように見える。

「覚えてる? ハワイで発作を起こしたんだよ、陽彩ちゃん」

「……なんとなくは。希織はどうしたの?」

「まず、陽彩ちゃんに薬を飲ませた。未来から持ってきた、この時代のものよりずっと効く薬をね。それを飲むと陽彩ちゃんの発作はおさまって、代わりに意識を失った。大変だったよ、人前で倒れたんだもん。救急車を呼ばれそうになったけど、それを断って、デロリヤンに陽彩ちゃんと希織ちゃんを乗せて戻ってきた。希織ちゃん、陽彩ちゃんのことすごく心配してたよ。まだ朝方だけど、早めに連絡してあげたほうがいいと思う」

「そう、なんだ……」

情けなさで声が小さくなる。

楓馬はきっと、発作で青ざめ、紫色になったみにくいわたしの唇を見ている。目ん玉は飛び出てよだれなんかも出ちゃって、みっともない姿になってたはずだ。希織にも、お父さんにだってできれば見られたくないのに、まだ知り合ってまもないよく知らない男の子にそんな姿を見られてしまうなんて。

……いや、それだけじゃない。楓馬にみっともないところを見られたくないのは、知り合って日が浅いから、それだけじゃないような気がする。うまく言えないけれど、もっと大きな動きが心の中にあるような、そんなふうに思う。

「迷惑かけて、ごめんね」

とにかく謝らなくちゃいけない。楓馬はにこっと口角を上げて、首を横に振る。

「大丈夫だよ、僕のほうこそごめんね、薬ぐらいちゃんと持たせておくべきだった。それに陽彩ちゃん、病気だもんね。これからはやたらと連れ出すことは控えるよ」

「うん、わたしも、あそこへ行きたいとか、わがまま言うのやめる。いくら、デロリヤンがあるからって」

まだ胸に痛みの名残りがとどまっている気がして、心臓のあたりにそっと手をやる。とくとく、それは生まれたての小鳥みたいに動いている。

あったかいけれど、一見、ちゃんと働いているようだけど。この心臓は、命にかかわる欠陥を抱えている。

今回は楓馬が持ってきてくれたっていう薬のおかげでなんとかなったけれど、わたしが常に命の危機に瀕しているのはまごうことなき事実だ。

「ねえ、楓馬」

「うん？」

楓馬の目の奥、黒い瞳の向こうを探るように見つめた。

「わたし、本当に死なないの？」

「……死なないよ。僕の言うことを聞いてくれれば」

「楓馬は運命を変える、っていうけれど、具体的にはどうするの？　わたしは何をすればいいの？」

「今の段階では教えられない」

風馬はふっと悲しげな顔になって首を横に振った。その態度に疑念が生まれる。

「何それ、どういうこと？　それもまた、守秘義務なの？」

「……そういうこと。時が来れば、ちゃんと教える」

「時が来ればとか悠長なこと言わないでよ！　わたし、余命宣告されてるの！　さっきだって死にそうになってたじゃない！　楓馬だってその目で見たじゃない!!」

思わず声を荒らげてしまい、楓馬が叱られた子犬みたいな目でわたしを見た。その視線に、罪悪感がちくんと心を刺す。

楓馬と喧嘩したいわけじゃないのに。怒りたくなんかないのに。だいたい、怒ったりしたらまた、心臓に悪い。意識して深呼吸をした。

「……ごめん。大声出しちゃって」

「いや、いいよ。僕がいけないんだから」

「わたし、信じていいんだよね？　楓馬のこと」

楓馬が来てくれて、うれしかった。死ななくていいと言われて、小躍りしたいような気分になった。

余命三ヵ月だなんて言われて、わたしは絶望していたから。

一度救い上げられて、また高いところから落とされるようなことだけは、絶対嫌だ。

「わたし、死にたくないの。まだやりたいこと、食べたいもの、行きたいところ、たくさんあるの。お父さんに恩返しもしてないし、自分の夢だって叶えられてない……だから」

だから、の次に言葉が続かない。わたしは楓馬に何が言いたいのか。

運命を変える具体的なその方法を教えてといっても、きっとはぐらかされてしまうだろう。

でも何も知らされていないのに、信じるのは難しい。

うつむいたわたしの頬を、ふんわり包み込む感触があった。

それが楓馬の手だと気づいた時は、朝に近づいた青白い光の中、楓馬の顔がさっきよりもだいぶ近いところにあった。

「まだやりたいこと、あるって言ったよね」

「……言った」

「恋を、してみたいとは思う？」

唐突な質問にちょっとびっくりしたけれど、真面目に考えた。

「よくわからない。わたし、ひとを好きになったことがまだないから」

「……陽彩ちゃん、高校生だよね？」

「高校生だよ。自分でも遅れてると思う」

わたしにとって男の子は、危険な存在だ。小学校の頃、女の子たちは表面上は仲良くしてくれてもどこか一歩距離を置き、陰で有名人の娘のわたしのことをあれこれ言う陰湿さを持っていたけれど、男の子たちはもっと直接的で、物理的にわたしをいじめてきた。

髪の毛を引っぱられる、スカートをめくられる、ランドセルを蹴られる。そんなことは、同年代の女子だったら経験してもおかしくないけど、わたしの場合は「お父さんは天才科学者なのに娘はたいしたことない」という大義名分をいじめの理由にされ、精神的な攻撃までされた。授業中に当てられて答えを間違えた時なんて、男子たちからいっせいに笑われた。

中学に入ると、男子たちは少し大人になったのか、女子をいじめるなんてことはしなくなったけれど、その代わりひっそりと、にやにやと、下品な話をするようになった。その中にわたしの名前も出てくることを知っていた。なんて低俗で、嫌な生き物なんだろうと心底軽蔑した。クラスの女子の胸のサイズでランキングをつけるなんて、趣味が悪過ぎる。しかもわたし、下から二番目だったし。

「同い年の男の子は乱暴で下品で子どもっぽくて、恋愛対象には見られないし。かといって年上の男の人でいいなって思う人もいなかったの。そもそもイケメンに興味がないのかもしれない。芸能人で特に好きな人とかもいないし、推しに心酔する感覚もよくわからなくて……でも、憧れる思いは、あるよ」

「憧れる？」

「恋って、きっといいんだな、って思う」

自分が好きな人に好きだと言ってもらえるのは、すごく素敵なことだろう。休みの日には一緒に映画館や動物園に行ったりして、カフェでパフェを半分こして食べたりして、定番のあーん、なんかしちゃって。

わたしの「恋」のイメージはそれ以上ふくらまないし、だいいちこんな身体じゃ思うようにデートなんてできないけれど。でも、恋をしてみたいという気持ちは、なくはない、と思う。

「じゃあ、僕じゃ駄目かな」

「え？」

楓馬の白い頬にふっと赤みが差した。いつも堂々と、わたしをまっすぐ見る目が、照れたように揺らいでいる。

「僕と付き合ってほしい」

「……どういうこと」

「陽彩ちゃんのことが、好きなんだ」

時が止まったような、なんていう表現をよくこういう時使うけれど、本当にそんな感じだった。

朝日が出る前の青い光が、少しずつ白っぽくなっていた。

※

陽彩ちゃんはしばらく目を見開いてじっと僕の顔を見つめていたけれど、まだ僕の手が頬にあったことにようやく気づいて、ぱっと身体を離した。顔が真っ赤になっている。

「……それ、どういうこと?」

「どういうことも何も、そのままの意味なんだけど」

「な、何それ……」

陽彩ちゃんの瞳が涙でふくらんでいる。うれしいんじゃなくて、あまりのことに感情がたかぶって自分でもわけがわからなくなっているんだろう。熱そうな真っ赤な頬を両手で覆って、陽彩ちゃんは叫び出した。

「こんな病人のどこがいいっていうの!?　わたしと付き合って何かいいことある？　ないでしょ!?　だいたい楓馬、わたしのことまだなんにも知らないじゃない！　わたしだって楓馬のこと何も知らないし」

「うん、僕は陽彩ちゃんのことを何も知らない」

そう言うと、陽彩ちゃんは大きく目を瞬かせた。自分では気づいてないのかもしれないけれど、長い睫毛は存在感があって目をきれいに見せている。

「でも、この気持ちは本物なんだ。恋人同士になって、これからはもっともっと陽彩ちゃんのことを知っていきたい。陽彩ちゃんにも僕を知ってほしい」

「………………」

「僕じゃ、嫌？」

長い長い沈黙の後、蚊の鳴くような声が返ってきた。

「考えさせて」

「わかった」

僕はそっと立ち上がり、病室を後にした。扉を閉じる時、ベッドの上で呆けている陽彩ちゃんの姿が目に入った。

病院の屋上に上り、腰のベルトからテントを出す。未来のテントはテニスボール大の大きさで、スイッチを押すだけで六畳ほどの大きさにふくらむ。場面に応じて、外から見えないようにする透明機能つき。原理はデロリヤンと同じだ。

テントの中にはベッドと机とパソコン、ひととおりの生活用品がそろっている。みんな、未来の僕の家にある自分の部屋から、テントの中に運び込んだ。これは運送用ロボットを使えばものの数分で終わる作業だ。お気に入りの赤いソファに腰掛け、コーヒーメーカーのスイッチを押す。この時代なら豆を挽くだけで大変な時間がかかるけれど、未来の技術ではあっという間においしいコーヒーができる。今日はコスタリカ産の豆だ。

二十世紀風の青い陶器のマグカップにコーヒーを淹れ、丸い窓から少しずつ朝の色に染まっていく世界を見つめながら、カップを傾ける。昼夜逆転の生活を送る僕はこの時間帯にコーヒーを飲まないほうがいいんだろうけれど、一日の終わりに味わう苦味はくせになる。

「楓馬も、なかなかひどいことをするんだな」

ひょっこり現れたパオが、机の上で責めるような目で僕を見る。

「見てたのかい?」

「楓馬の背中にくっついて、一部始終を見ていた」

「のぞき見だなんて趣味が悪いなあ」

「趣味が悪いのはどっちだ。あれ、色仕掛けっていうんだろう」

「ひどい言い方するね」

ロボットのくせに、人間のやり方にケチをつけるなと言いたいが、僕だって自分のやってることを後ろめたいと思う気持ちはあるので、黙ってパオの言いぐさを聞く。

「ひどいのは楓馬だろう。あんな純粋な女の子をたぶらかすなんて、ああニンゲンは怖い、ニンゲンは怖いなあ」

「いいだろう、別に。これも任務のうちに入ってるんだよ」

「任務だったら、他人の気持ちを振り回してもいいのかい？」

ふん、と拗ねたようにパオが後ろを向いた。ふだんはあまり目立たない、短いしっぽが怒ったようにつんと尖っている。

「まったく、楓馬をこんな子に育てた覚えはないのに」

「おいおい、保護者ヅラするなよ。君はあくまで秘書ロボットだろう、親じゃない」

「親なんていないくせに」

パオがぱたぱたと飛び上がり、僕の耳元で釘を刺すように言った。

「とにかく、あの陽彩とかいう子をあまりこちらの都合で振り回すんじゃない。ほんとにニンゲンは怖いことをするんだから」

「しょうがないだろう。運命なんだ、この恋は」

「耳障りのいい言葉で丸め込もうとしても、無駄だ」

憮然とした調子でパオが言った。

今頃陽彩ちゃんは寝ただろうか。それともベッドの中で、さっき僕が言った言葉をぐるぐる思い出して、寝られなくなっているだろうか。

罪悪感がないわけじゃない。パオの言うことだってよくわかる。

でも僕は、なんとしてでも陽彩ちゃんと付き合わなきゃいけないのだ。

人類の未来のために。

第六章　わたしは恋を知らないから

食べ物のにおいが漂ってきて、だんだん意識がくっきりしていく。

目が覚めると、池澤さんがちょうど部屋の中に入ってきたところだった。朝食ののったワゴンを押している。

「おはようございます、ひーちゃん」

普通の挨拶なのに、それだけで何かを感じ取ったのか、池澤さんは追及するように聞いてくる。

「ひーちゃん、なんかあった？　考え込んでるような顔しちゃって」

「え？　そうですか？」

「うん、悩んでる、というのも違うなあ。考え込んでるって感じ」

池澤さんにぐいと顔をのぞき込まれ、わたしはつい目を逸らした。

楓馬が帰った後、ベッドに潜ってもなかなか眠れなかった。楓馬のあの衝撃発言が頭の中をぐるぐるして、それどころじゃなかった。

生まれてはじめて告白された。はっきり言われた、好きだって。

好き？　わたしを？　楓馬が？

――どうしよう。また顔が熱くなってきた。

「ひーちゃん、顔真っ赤よ？」

池澤さんがベッドのテーブルの上にお皿を並べながら不思議そうに言う。わたしはあわてて笑ってごまかした。

「い、いや、なんか、朝からちょっと熱っぽくて……」

「あらやだ、大変。すぐに熱測らなきゃ」

体温計を脇に挟むけれど、当然平熱だった。熱いのは心だけで、身体じゃない。

突然胸に放り込まれた好きだという言葉が、不思議な熱を持ってぽかぽかしている。

次に楓馬に会ったら、いったいどんな顔をすればいいんだろう。

とりあえず希織に相談することにした。

わたしは男の子と付き合うどころか好きになったこともないし、当然告白されるのもはじめて。今度楓馬に会って返事を求められたとしても、何を言えばいいのかわからない。あの時、考えさせて、なんて無難なことを言ってしまったのが悔やまれる。

恋愛に明るい希織なら、何かしらのアドバイスをくれる気がした。

「すごいねえ陽彩、未来人から告白されるなんて」

学校が終わってからやってきた希織は、椅子に腰掛けるとわたしの顔をしげしげと見ながら言った。

「未来人……そうだね。たしかに楓馬、未来人だし」

「未来人に会うってだけでも大変なことなのに、その人から告白されちゃうなんて、いったいどうなってるの、陽彩の人生」

「そんなのわたしが知りたいよ」

はあ、と思わずため息が出た。

本当に、楓馬はわたしのどこを好きになってくれたのか。付き合いたいというのは本心なのか。楓馬のことを疑うわけじゃないけれど、楓馬のことをなんにも知らないし、楓馬だってわたしのことをろくに知らないはず。楓馬の言葉を素直に信じていいのか、わからない。

「で、どうするの？」

希織が真顔になって言った。

「どうするって？」

「返事に決まってるじゃない！　楓馬くんと付き合うの？　どうするの？」

「それは……」

瞼の裏に楓馬の顔がまざまざと浮かんできて、それだけでぼっと頬が熱くなる。

改めて思う。わたしは楓馬に告白されたんだ……。

希織がわたしを見てにやっと笑った。

「そんな反応するってことは、まんざらじゃないんじゃん」

「まんざらでもない、というか、なんというか。単に、告白されるのがはじめてで、浮かれてしまっているというか……」

「本当に嫌な相手なら、浮かれたりしないでしょ？」

「うーん、それはそう、かも……」

「それにしても、いいなー陽彩！　楓馬くんと付き合ったら、いいことといっぱいありそうじゃん！　なんせ相手は未来人なんだし」

「まあ、それはそうなんだけど、さ……」

　そんなふうに無邪気に受け止めていいのかな、と思ってしまう。楓馬はわたしのどこを、どう好きになってくれたのか。それを聞かないと、楓馬の言葉を完全には信じられない。

「ねえ、希織」

「何？」

「付き合うって、具体的にどういうことなの？」

「はー何それ、そこから!?」

　希織は本気で驚いていた。実際、わたしの恋愛のレベルって、小学生並みなんだからしょうがない。

「付き合うっていったら、やることといろいろあるでしょ。休みの日には二人で映画や遊園地に行ったり、放課後一緒に帰って、マックとかファミレスで何時間もダベったり。帰ってからも寝るまでずっとメッセージのやり取りして、おやすみをどっちから言うかでちょっと揉めたりとか」

「希織、そんなことしてたの？」

希織は中学時代、付き合っている人がいた。同じクラスの男の子でサッカー部だったはず。卒業と同時に別れちゃったらしいけど。

「あたしのことはいいでしょ」

照れているのか、希織はちょっと怒った声になった。

「ていうか、それ、友だちとするんじゃ駄目なの？　映画だって遊園地だって、希織と一緒に行ったよね？　寝る前のメッセージとか電話だってよくするし」

「わかってないなあ陽彩は。好きな人とするから楽しいんじゃん」

「うーん、そんなものなの？」

好きな人って、希織のことも大好きだけど、さすがにそういう意味じゃないってことはわかる。

そんなわたしに向かってちょっとあきれた顔をした後、希織は言った。

「陽彩は、どうなの？　楓馬くんと一緒にいて、楽しくないの？」

「そりゃ……楽しいけど」

二十歳に化けて、ホテルのバーで一緒にお酒を飲んだこと。男の人にリードされてる、という感じがあって、楓馬がすごく大人に見えて、なんだか身体の中心がぽかぽかする、変な感じだった。

あれはたしかに、楽しいというか、すごく素敵な経験だった。

楓馬がハンドルを握る横顔は格好よくて、ちょっとドキドキしてしまったことも否めない。

「だったら、いいじゃん。すっごく好き、ほんとに好き、までいかなくてもさ。相手と一緒にいて楽しい、そこだけクリアできれば、あたしは付き合ってみてもいいと思うよ」

ぽん、と希織がわたしの背中をたたく。

「そもそも、最初から両想いでスタートする関係のほうがまれだと思うんだよね、あたし。ちょっといいな、ぐらいからはじまる恋だってあると思うの。その人のことが好きかどうかは、付き合ってから考えればいいんじゃない？」

「それは……みんな、そうしてるの？」

「うーん。まあ、そうなんじゃない？　うちらもう高校生なんだし、恋愛に関してはみんな鷹揚に構えているというか」

「じゃあ希織も元彼のこと、最初はそんなに好きじゃなかったの？」

「最初はねー。でも付き合っていくうちにだんだん良さに気づいて、夢中になって……て、あたしのことはどうでもいいの！　今は陽彩の話！」

希織に正面から見据えられ、両肩をつかまれる。急に圧が強くなって、ちょっとたじろいた。

「とにかく、次楓馬くんに会ったら返事しなさい。もちろん、オッケーって言うのよ」

「う、うん……」

たしかに楓馬は優しいいし、大人っぽいし、彼氏としてこれ以上の相手はいないだろう。そして楓馬と過ごす時間は、とても楽しい。

でも、こんなに簡単に結論を出していいものなんだろうか。

希織が帰った後、なんとなく院内をぶらついていた。今日も小雨が降り続いていて、窓の外からしとしとと水音が聞こえている。

午後遅い時間の病院には、穏やかな時間が流れている。入院患者と面会に来た人が廊下を行きかって、あちこちからおしゃべりの声が聞こえ、笑い声がさざめいていた。

ちょっと前だったら、もうすぐ死ぬという絶望に囚われて、そんな明るい声に耳を塞ぎたくなってたけど。

楓馬の登場のおかげで、わたしの心は春の海のように凪《な》いでいる。運命を変えるって具体的に何をするのか教えてもらってないけれど、とにかく未来が断たれないで済むというのは、この上ない安心感だ。

「やだー澄夜《すみや》くんってば。何よそれー」

樹里ちゃんの個室の前を通る時、中から樹里ちゃんの声が聞こえてきた。甘ったるい声音に、立ち聞きはよくないと思いつつ、つい足が止まってしまう。

「そんな大胆な水着、恥ずかしくて着れないよー。ていうか、あたしの病気のこと忘れてるでしょ。海なんて無理だって」

「無理って言ったらなんでも無理になるんだ。今からがんばって病気治せば、行けるって」

樹里ちゃんの他にもうひとり聞こえる声は、間違いなく男の子のものだった。話の内容からして、海に行くか否かの相談をしているらしい。

まさか、樹里ちゃんに彼氏……!?

「じゃ、俺、そろそろ行くから」

足音が近づいてきて、わたしはさっと扉から離れた。しかし無情にもがらっと扉が開いてしまい、びっくり顔の男の子と目が合う。隣にいる樹里ちゃんが、わたしを見て目を見開いた。

「あ、陽彩ちゃん！」

「樹里ちゃん……こんにちは」

立ち聞きしてしまった後ろめたさから、ついへらっと笑ってしまう。樹里ちゃんはわたしが何をしていたかわかっていそうなものなのに、気を悪くした様子はない。

「この人ね、同級生の大野《おおの》澄夜くん！　野球部なんだー。練習大変だけど、終わった後こうして来てくれるの」

「こんにちは」

挨拶すると、澄夜くんは爽やかな笑顔を見せた。野球部らしく肌が浅黒くて、白い歯と絶妙なコントラストを描いている。アイドルやモデルみたいな感じじゃないけれど、イケメンの部類に入るだろう。

「こんにちは、樹里がいつもお世話になってます」

「お世話って、何よー！　お兄さんかなんかみたいな言い方！」

「樹里ってなんか妹っぽいじゃん」

「それ、子どもっぽいって意味？」

軽く口を尖らせる樹里ちゃん。でも、なんだかうれしそう。うーん、わたし、この場にいるのすごく気まずくなってきた。どう考えても、二人の邪魔だもん。

何か口実を思いついたフリをして去ろうとすると、その前に澄夜くんが歩き出した。

「じゃ、また来るからな」

「うん、またねー！」

手を振って澄夜くんが去っていった後、わたしは樹里ちゃんに抑えた声で聞いた。

「ねえ、澄夜くんって、樹里ちゃんの彼氏？」

「やだなあ、そんなわけないじゃんー！」

赤くなった頬が、澄夜くんのことをなんとも思ってないわけじゃないことを物語っている。さっきの会話からしても、二人は付き合っているわけではないとはいえ、かなりいい感じに思える。

「じゃあ、樹里ちゃんの好きな人？」

そう言うと、樹里ちゃんは耳まで真っ赤にして、しばらくの間の後うなずいた。

「澄夜くん、ふだんはおちゃらけてるんだけどさあ。グラブ握ると人が変わったみたいになって、すごく格好よくて。野球推薦で、高校狙ってるの。甲子園行けそうな、野球の強豪校。応援しちゃうよねー」

「告白しないの？　面会に来てくれるってことは、じゅうぶん脈あると思うけど」

「それは考えた。でも、この時期に告白とか、野球の邪魔になんないかって考えちゃうんだよね。だいいち」

樹里ちゃんの顔が急に曇った。

「病気もちの彼女なんて、きっと、一緒にいても楽しくないよね……」

「樹里ちゃん……」

樹里ちゃんも、わたしと同じことを考えてた。

わたしも樹里ちゃんも、病気のせいでできないことがたくさんある。入院している以上、彼氏ができても自由にデートすることすら許されない。行けない場所も食べられないものもたくさんあるのに、好きな人を楽しませてあげられるか、って考えちゃうのはわかる。

改めて思う。楓馬は、わたしなんかと本当に付き合いたいって思ってるんだろうか。

でも、わたしは樹里ちゃんの背中を押してあげたかった。

「樹里ちゃんに好きって言われたら、澄夜くんはきっと、それだけでうれしいと思うよ」

「そうかな?」

ちょっと不安そうな樹里ちゃんの目に、力強くうなずく。

「澄夜くん、どう見ても樹里ちゃんのこと好きだもん。好きな子から好きって言われて、喜ばない男の子なんていないし。普通にデートとかできなくても、そのぶん澄夜くんのこと応援してあげたらいいと思うよ。そして、樹里ちゃんもがんばって病気を治したら、自由に二人で街を歩けるんだし」

自分で言っても一般論の域を出ていない、薄っぺらい言葉だと思う。でも、言わずにいられなかった。樹里ちゃんに恋を叶えて、幸せになってほしかった。

「ありがとう、陽彩ちゃん」

樹里ちゃんがいつものような、病気を感じさせない明るい笑顔になった。

「あたし、ちょっとがんばってみようかな。もうすぐ澄夜くん、夏の大会はじまるし。お守りとか渡してみるのもありだよね」

「うん、ぜんぜんありだと思う！　がんばってよ、樹里ちゃん」

恋する乙女な樹里ちゃんを見ていたら、わたしも自然と楓馬のことを思い出してしまう。

だって、やっぱり恋って素敵だなって思っちゃったから。

わたしも楓馬と、樹里ちゃんと澄夜くんみたいになってもいいかも……そんな思いが、ひそかに胸の中で芽生えて、壊れかけた心臓を熱くした。


夕食の後、お父さんがやってきた。今日もデパートのロゴが入った大きな紙袋を持っていて、中から次々本を出してくる。

「完結してる漫画がいいなら、これなんておすすめだよ。短編集だけどね。どれもびっくりするオチで、はじめて読んだ時は衝撃を受けたんだから」

「お父さんがそんなに漫画好きだったなんて、知らなかった」

そう言うと、お父さんはちょっと照れ臭そうに目の横の皺を深くした。

「学生時代は漫画ばっかり読んでたよ。研究で論文をたくさん読むから、ちょうどいい息抜きになってね。その時の本は、もうほとんど家にないけど。だから古本屋さんで買い集めてるんだ」

わたしが退屈しないようにそんなことをしてくれてるんだと思うと、じんっと目頭が熱くなる。わたしにとってお父さんがたったひとりの家族であるように、お父さんにとってもわたしはたったひとりの娘なんだ。

その娘が病気でもうすぐ死んじゃうなんて、お父さんの気持ちを想像したら泣きたくなってくる。

お父さんには、わたしが死ななくて済むこと、言っちゃ駄目なのかな。知れば、安心してくれるはず。でもどう説明したって、信じてもらえるとは思わない。未来人がやってきたなんて言ったら、笑い飛ばされるに決まってる。希織にしたみたいに、お父さんを楓馬に会わせる？　でも楓馬、なんて言うかな。また、わたし以外の人の運命を変えちゃう、とか言い出すのかな。

そんなことを考えていると、お父さんのわたしを見る目がすごく優しげになっているのに気がついた。

「どうしたの？　お父さん」

声をかけるとはっとして、頬を赤くする。

「いや、なんていうか、その……」

「なんなの、今すごくぼうっとしてたけど」

「なんでもないよ。その、陽彩、お母さんに似てきたなと思っただけで」

お母さん。わたしはその存在を、写真でしか知らない。

わたしを産んでまもなく、病気で死んでしまったお母さん。優しく微笑んでもらった記憶も、頭を撫でてもらった記憶もない。お父さんが二人分の愛情を注いでくれたとはいえ、やっぱり寂しさは感じていた。他の子に当たり前にいる存在が自分にはない、というのは、生まれつき身体の一部が欠けているような感覚がある。

「お父さんはお母さんの、どこを好きになったの？」

そう言うと、お父さんはあからさまに照れた顔をした。

「なんだよ、陽彩ってば。なんでそんな昔のこと言わなきゃいけないんだよ」

「だって、今までそういう話したことなかったじゃない。自分がどんな恋愛の末生まれたのか、わたしにとってはけっこう大事なことだよ」

お父さんは照れながら困ったように眉根を寄せ、やがてぽつりと言った。

「まあ、最初は顔……かな」

「はあ、何それ!?」

想像以上の軽薄な発言に責めるような口調になってしまう。お父さんはあわてて言葉を足す。

「いや、それぐらいお母さんは美人だったんだよ。お母さんのことを狙ってる男なんてたくさんいたし、すごく競争率の高い女性で。お父さんはこんなんだから、絶対無理だろうな、って最初は思ってた」

「で、そこからどうやって結婚に至ったの？」

お父さんが昔を懐かしむ優しい顔になる。

「お母さんはお父さんの研究に興味を持ってくれた。研究以外何も夢中になれるものがない、他にとりえもない。そんなお父さんのことを決して馬鹿にしないで、研究のことをいろいろ聞いてくれた。お父さんとお母さんが同じ研究室にいたのは知ってるだろ？」

「うん。出会った時、お母さんはまだ学生だったんだよね。お父さんも働き始めたばっかりだったって」

「そう。大学生なんて、人生でいちばん充実した、キラキラした時だ。さっきも言ったけどお母さんの周りには素敵な人がたくさんいたし、最初はアプローチしても軽くあしらわれるだけで……でも、熱心に何度も話をするうちに、少しずつ好きになってくれたんだ。結婚する時も、大変だったんだよ。お母さんはまだ若い上に身体が弱いから、お母さんのお父さんとお母さん……陽彩のおじいちゃんとおばあちゃんだね。すごく反対されて」

「そうだったの？」

お母さんの側のおじいちゃんとおばあちゃんはニコニコしていて優しい印象しかないから、意外だった。

「まさしく、娘をお前になんかやれるか、って感じだったよ。でもあの時、助けてくれた人がいてね……お礼を言いたいけど、今どこにいるのやら」

そこでお父さんははっとした。壁の時計が二十時五十五分を指している。消灯の二十一時までには、ここを出なくちゃいけない。

「とにかく、陽彩のお母さんは素敵な女性だったよ。だから、お父さんは絶対、お母さんからプレゼントされた陽彩を守らなきゃいけないんだ」

急に真面目な口調になって、わたしの肩に手を置いた。

「陽彩を救う方法、お父さん、まだあきらめてないからな。陽彩は、お母さんがお父さんにプレゼントしてくれた、大切な宝物なんだから」

「うん……」

やっぱり、言いたかった。わたしは死ななくて済むんだよ、って。お父さんの苦しみを取り除いてあげたかった。

お父さんはお母さんにわたしをプレゼントされたって言うけれど、わたしからすれば、お母さんはわたしにお父さんをプレゼントしてくれたんだ。

消灯時間になってお父さんが帰っていって、すぐに寝れずにお父さんが持ってきてくれた漫画を開いた。昔の漫画だから絵は古いけれど、たしかにストーリーは面白い。でもなかなか物語の世界に入っていけず、三分の一くらいまで読んだ後、ページを開いたままお腹の上に本を置いて、ため息を吐いた。

漫画そっちのけで考えてしまうのは、お母さんのこと。お父さんの話を聞いて、気になってしまった。

記憶がないんだから、親とはいえとっくに死んでしまった他人、ぐらいの感覚しか今までは持てなかったのに、なんだか急にお母さんのことを知りたくなってしまっている。手がかりになるのは、写真だけ。家にはお母さんの写真があって、写真の中のお母さんはたしかにお父さんの言うとおり、きれいな人だ。目がぱっちりアーモンド形で、鼻筋がすっと通っていて、モデルさんか女優さんと言われても納得しそうな顔。お父さんがわたしを見て、お母さんに似てきたと言ってきたのは親の贔屓目《ひいきめ》だろう。

コンコン、とドアをたたく音がする。誰が来たかはすぐにわかる。

「楓馬だよね？　入って」

引き戸を開く音がして、楓馬が笑顔をのぞかせた。告白した後だっていうのに、ちっとも気まずそうじゃない。むしろこっちのほうが意識してしまう。

まだ、楓馬にちゃんと返事をしていない。

「お、陽彩ちゃん、漫画読んでたんだ」

「うん、お父さんが差し入れてくれたの。楓馬、もしかしてわたしのお父さんのことも知ってる?」

「南部陽一さん、だよね」

わたしはうなずく。楓馬がベッド脇の椅子に腰掛け、続ける。

「南部陽一さんの名前は未来にも伝わってるよ。今日まで続く科学技術の礎《いしずえ》を築いた、素晴らしい先人として。南部陽一さんがいなかったら、未来の世界はこんなに発展していなかっただろうし、デロリヤンも誕生しなかっただろうって言われてる」

「そのデロリヤンって、過去にも行けるんだよね?」

「うん、デロリヤンは空中も水中も走行可能だし、タイムマシンの役目も果たせる。過去にも未来にも行けるよ」

「あのね、わたし」

わたしの口調が無意識のうちに変わっていたのか、楓馬が急に真剣な目になる。

シーツを握りしめながらわたしは続ける。

「わたし、過去に行きたいの」

「過去って……どれくらいの過去？」

「お父さんとお母さんが、若い頃に。わたしはお父さんに育てられたから、お母さんのことなんにも知らないの。写真でしか顔がわからなくて、この人がお母さんだよって言われても、へーそうなんだ、ぐらいの気持ちしか持てなくて。それって、すごい寂しいことなんじゃないかと思っちゃって……だから過去に行って、お母さんがどういう人なのか知りたい」

お母さんに夢中になってアタックしていたお父さんをうまく想像できないし、お父さんをそこまで夢中にさせたお母さんも想像できない。でも二人が愛し合ったからわたしがここにいるわけで、そんな二人の間にどんな恋があったのか、この目で見てみたい。

それは、今恋をするかどうか、決断を迫られているわたしにとって、ヒントになることかもしれない。

楓馬がうーん、とうなって腕組みをした。

「それは、陽彩ちゃん以外の人の歴史に干渉する可能性があるからな……たとえば陽彩ちゃんと過去の南部陽一さんが接触したことで、南部陽一さんと奥さんの彩奈《あやな》さんが結婚しないとか、そういうこともあるんだよね。そしたら陽彩ちゃん、生まれなくなっちゃうし」

「大丈夫！　変なことは絶対しない！　お願い、楓馬！」

神様にするように手を合わせて頼むけれど、楓馬の表情はかたい。わたしは最後の一押しに出た。

「もし、お願い聞いてくれたら」

そこでちょっと、言葉に詰まった。楓馬のわたしをまっすぐ見る目は、そこに恋があるのかどうか、恋をしたことがないわたしには判断がつかない。

「お願い聞いてくれたら……楓馬の言うこと、なんでもひとつ聞くよ」

「なんでも？」

「そう、なんでも」

これで、もしキスしてほしいとか言われちゃったらどうしよう。そんな思考になってしまう自分が恥ずかしくて、顔が熱くなる。

楓馬がふっと口元を緩めた。

「いいよ、過去に行こう」

「本当!?」

「陽彩ちゃんにとっては、大事なことだもんね」

楓馬が手を差し伸べ、わたしはその手をとって、ベッドから起き上がる。

楓馬の手は低体温なのか、わたしの手よりずっと冷たくてひんやりするくらいだったけれど、手のひらは大きくて、包み込んでくれるような安心感があって、ちゃんと男の子の手なんだなって思う。

「パジャマのままじゃまずいから、これを着て」

すっかりおなじみになった白いワンピースを楓馬が渡してくれる。トイレで着替え、楓馬がタブレットをかざした。一瞬で白いワンピースが紫色になった。淡いストライプが入って、青や白の紫陽花がちりばめられている、きれいな柄だ。

「すごいかわいい、この服！　未来にもあるんだね、こんなおしゃれなの」

「もしかして陽彩ちゃん、未来の服ってダサいと思ってた？」

「うん。だって楓馬の服、すっごいダサいんだもん」

「一応、未来の最先端コレクションに出てたやつなんだけどな……」

楓馬がわかりやすくしょげる。その顔が面白くて、思わず笑ってしまった。

「ニンゲンが服にこだわるのは、ワタシには理解できない感覚だね」

「パオ！」

どこに隠れてたんだろう、いつのまにか楓馬の肩から数センチ上のところにパオが小さな翼をぱたぱたさせて浮かんでいた。

「服なんて、なんだっていいだろうに。ワタシをはじめ、ロボットはみんな服を着ない。無駄なことをしないだけ、ニンゲンより優れていると思わないか？」

「そういうことじゃないんだよ、パオ。人間はね、用途やその日の気分に合わせて服を選ぶっていう楽しみがあるの。人間は、パオみたいなロボットたちよりも、楽しみが多いんだよ」

「ふーん」

「何それ、ひとが真面目に話してるのに！」

「まあまあ」

楓馬が苦笑いしている。パオはむっつりとした表情になって吐き捨てた。

「なんにせよ、自分の両親の若い頃が見たいなんて、変な願いだな」

「パオにはわかんないよ、ロボットには親なんていないんでしょう？」

「そうだ、だからロボットはニンゲンより優れている」

「もう、またそれ！　なんでそんなにマウント取りたがるの!?」

「陽彩ちゃん、声大きいよ」

はっと口を押さえると、楓馬は笑っていた。パオは相変わらずむっつりとした顔で、ぷんとそっぽを向いた。

「ごめん、つい」

「いいよ、大丈夫。誰かが聞いていたとしても、まさかこれから病院を抜け出して、過去に行くなんて想像もしないよ」

「それもそうだね」

二人でくっと笑ってるその横で、パオはまだむっつりしていた。

デロリヤンが停めてある屋上へ、なるべく足音をさせずに向かう。屋上の扉を開けると、デロリヤンの銀色のボディが雨を受けててかてかと光っている。ちょっとの距離でも濡れないようにと、楓馬が傘を取り出して差してくれた。これは未来仕様でもなんでもない、普通の傘だった。

「具体的に、何年の何月何日に行きたい？」

運転席に座った楓馬が、ボタンを押してモニターを操作しながら言う。

「具体的に……かあ。お父さんとお母さんが結婚したのが、今から二十年前の冬だっていうのは知ってるんだよね。だから、その半年くらい前に行きたいな。結婚前のお父さんとお母さんが見たい」

「ずいぶんとざっくりした情報だな。大丈夫か、楓馬？」

パオの声があきれている。思わずパオをにらみつけるけど、ざっくりしているのは本当なので言い返すこともできない。

「わかった、じゃあ今から二十年前の七月に行こう。場所はどうする？」

「場所!?　ええと……若い頃、お父さんとお母さんが横浜《よこはま》の大学の研究室にいたのは知ってるんだよね。だからそこに行けば、研究しているお父さんとお母さんが見れると思うんだけど」

「思うんだけど、ねえ。ざっくりしている上に、無責任だ」

今度こそパオを百パーセントの苛つきを込めてにらみつけるけど、パオはベーと舌を出しただけだった。挑発のつもり？　ていうか、ロボットに舌、あるんだ。

「よし、横浜の大学の研究室だね。すぐにつくよ」

楓馬の右手人さし指がモニターの真ん中のエンターキーみたいな細長いボタンを押すと、ぎゅううん、とデロリヤンのエンジンが回り出し、窓の外が白い光に包まれる。あっという間に加速して、デロリヤンが白い光の中を疾走する。

「きゃっ」

すごいGがかかって、耳がきーんとする。あまりの光量は網膜を破かんばかりの勢いで、思わず目をぎゅっとつぶった。

その時、右手を優しく握ってくれる心地よい手の感触があった。

楓馬の手は相変わらずひんやり冷たくて、でも大きくてやわらかかった。

第七章　丘の上で恋がはじまる

光のトンネルをデロリヤンが疾走していたのは、時間にしてほんの十数秒だったと思う。

気がつけばデロリヤンは失速していて、瞼の裏まで感じられる激しい白い光もなくなっていた。遠くから車が走るぶうんという音や、鳥のさえずりが聞こえてくる。

おそるおそる目を開けて、わたしは息を呑んだ。

「ここ……駐車場？」

周りにびっしりと車が停まっている。スペースが一台分ずつ白線で区切ってあって、どう見ても駐車場だ。車の列の向こうに、白い建物がいくつか連なっている。

「ここは横浜の大学の研究室だよ」

楓馬がにこやかに言った。

「時間はちょうど、午後の六時だね。七月だからまだ明るいけれど……この近くに、陽彩ちゃんのお父さんとお母さんがいるかもしれない。今の時間ならちょうど、仕事が終わって出てくる頃じゃないかな」

「ありがとう、楓馬！　ちょっと探してくる」

「おいおい、待ってよ陽彩ちゃん！」

近くに若い頃のお父さんとお母さんがいると思うと、じっとしていられない。飛び出すように外へ出たわたしに楓馬がついてくる。梅雨が明け、やってきたばかりの夏の暑さがじわっと腕にまとわりつく。

「パオには留守番してもらうことにした」

「そのほうがいいね、余計なことばっかり言うし」

「あれでいいところもあるんだよ、彼は」

そんなことを話しながら、わたしと楓馬は研究室の入口を探すため、足を動かした。

研究室にはたくさんの人が出入りしている。まだ学生っぽい人もいれば、いかにも教授らしい貫禄を持った人もいる。何人かの人にじろじろ見られて、楓馬の時計で見た目の年齢を操作しておけばよかった、と後悔した。こんなところ、女子高生がうろうろしてたら目立つに決まっている。いや、目立つのはそのせいだけじゃない。

「楓馬！　なんで着替えなかったの!?」

「え？」

楓馬はなんで責められているのかわからないのか、ぽかんとしていた。

「わたしにはパジャマじゃまずいとか言ってたくせに、自分のほうが目立ってるじゃない！　今からでもいいから、トイレかどこかでささっと着替えてきてよ、普通の服に！」

「うーん、そんなに目立つかな……」

「目立つってば！」

言い合いをしていたわたしたちは、後ろから駆けてくる人に気づかなかった。どん、と肩がぶつかり、その拍子でその人が持っているバッグが落ちた。財布にハンカチに携帯──スマホじゃない、いわゆるガラケーと呼ばれている携帯だった──が、地面にざざざざっ、とちらばる。

「わあ、ごめんなさい！」

あわてて楓馬と一緒に落ちたものを拾って渡すと、その人の顔を見た途端、心臓がひっくりかえりそうになった。

「おかあ、さん……？」

「え？」

目の前にいるのは、まぎれもなく何度も写真で見たわたしのお母さんだった。きれいな卵型の輪郭に、整った目鼻立ち。この時まだ二十代前半のはずなのに、既に大人の女性の品格を漂わせている。写真で見る以上にずっと、きれいな人だ。

「ああ、いや、その！　あなたがわたしのお母さんに似ていたので、つい……ごめんなさい！」

思わず不思議なことを言って謝ってしまった。ていうかわたし、今、お母さんって言っちゃった……!?

「お母さん」はふっと優しく笑ってくれた。その笑顔は花のよう、という表現がぴったりで、うっとりするほど美しい。

「大丈夫よ、こちらこそ、ぶつかってしまってごめんなさいね」

「お母さん」が荷物をバッグに入れて立ち上がる。よく見ると、お母さんはこの暑い時期にはふさわしくない、黒いスーツ姿だった。さっきから見かける人たちは、季節に合わせたラフな服装の人が多かったのに、お母さんはフォーマルな格好をしなきゃいけない用事があるんだろうか。

「彩奈さーん！」

駆け寄ってきた男の人に声をかけられ、お母さんが振り向いた。

その男の人はすぐにお父さんだとわかった。度の強そうな眼鏡に、鳥の巣みたいなぼさぼさの頭。スーツの代わりに白衣を着せたら、いかにも研究者っぽいだろう。二十年前のお父さんはたしかに今よりも若々しいけれど、見た目は二十年間であまり変化がなかったらしい。眼鏡もぼさぼさ頭も、昔からだったんだなあ。

「ごめん、会議が延びちゃって。七時に間に合うかな？」

「大丈夫よ、タクシーを拾いましょう。念のため、遅れるかもしれないってお父さんとお母さんにメールしておくわ」

「はじめての顔合わせで遅くなるなんて……いきなり印象が最悪だなあ」

「大丈夫よ、陽一さん。きっとお父さんもお母さんも気に入ってくれるから、陽一さんのこと」

その会話で、なんでこの二人がこんな暑い日にスーツ姿なのかがわかる。

どうもこれから、おじいちゃんとおばあちゃんと、最初の顔合わせをするらしい。

つまり、結婚の挨拶というわけだろう。お父さんは既に緊張しているのか、表情が少し引き攣《つ》っている。

「ええと……この子たちは？」

お父さんがわたしを見て、どきっとする。お父さんから見ても、お母さんとわたしが一緒にいるのは不思議らしい。お父さんはまさかわたしが未来から来た自分の娘だなんて想像もしないんだから、仕方ないけれど。

「落とした荷物を拾ってくれたのよ。ありがとう、二人とも。じゃあね」

「は、はい……！」

肩を並べて歩いていく二人の背中が完全に見えなくなる前に、楓馬に言った。

「楓馬はデロリヤンに戻ってて！」

「え？　陽彩ちゃんひとりでどうする気？」

「こうなったら、お父さんとお母さんが無事顔合わせできるか、見届けたいの！」

「ええ!?」

「わかってるよ、歴史に干渉することはしないから！　じゃあ、後でね」

「ちょっと、陽彩ちゃん……！」

止まっていられない。二人を見失ったら終わりだ。わたしは走り出し、二人を追いかける。

お父さんとお母さんは大通りに出た。二十年前の横浜は、今とそこまで変わりない。おなじみのチェーン店や、コンビニの看板がそこかしこにある。お父さんが歩道の隅に歩いていって、手を上げた。まもなくタクシーが停まり、二人は後部座席に乗る。

タクシーが走り去った後、わたしはぽかんと歩道に佇んでいた。

「行っちゃった……」

お父さんがはじめておじいちゃんとおばあちゃんに会うところ、わたしも見てみたかったのに。わたしもタクシーで追いかけようと思ったけれど、お財布を持ってこなかったのに気づいた。お金がなければ、どうしようもない。

途方に暮れていると、ぎゅううん、とものすごいスピードで空からデロリヤンが下りてきて、車道の端に停まった。

「二人が乗ったタクシー、追えばいい？」

「楓馬あ！」

楓馬がにっこりとわたしにウインクした。

助手席に乗ると、デロリヤンが走り出す。遮るものがない空を走るから、すぐにお父さんとお母さんが乗ったタクシーに追いついた。後部座席からパオが飛び出し、あきれたため息を吐いた。

「まったく、ニンゲンは先のことをろくに考えないで行動するからよくない。ただでさえ、違う時代でひとりで行動するなんて、危な過ぎる」

「面目ないです……」

「あれ？　陽彩ちゃん、今回はパオに言い返さないんだね」

「だって、本当にわたし、先走ってたから……」

若い頃のお父さんとお母さんに会いたい。その気持ちが強過ぎて、パオの言うとおり、ろくに考えないで行動していた。楓馬と別行動で、お財布もスマホも持たないで、たしかに危険だ。はぐれてしまったら、元の時代に戻れない。

「陽彩ちゃんって、案外大胆なところあるよね」

楓馬の言葉にちょっとびっくりした。いつも嫌われないように、いじめられないように、そればっかり考えて、言いたいことも言わないで、いろんな気持ちを呑み込んでひとと関わってばかりだったから、「大胆」なんて言われたのははじめてだった。

「陽一さんと彩奈さんを追いかける陽彩ちゃんの大胆さには、びっくりしたよ」

「大胆っていうか……なんにも考えてなかったんだけど」

「そうだ、陽彩は大胆じゃなくて、浅はかだ」

「パオ！」

今度こそにらみつけると、パオはおお怖！　と部座席の奥へ飛んでいって、楓馬はくすっと笑った。

お父さんたちの乗ったタクシーとわたしたちのデロリヤンは、横浜の中心部へと近づいていた。


タクシーは、ホテルの前で停まった。どっしりした淡いグレーの建物は、地上何階建てだろう。かなりのっぽな、いかにも高級そうなホテルだ。

「顔合わせっていったら、普通はレストランで食事とかだよね」

「未来には結婚の概念がないから僕にはよくわからないけれど。たぶんそうなんじゃないかな」

さらりとすごいことを言われた気がするけれど、今はそれどころじゃない。デロリヤンを適当な場所に停め、透明シールドを張って他の人には見えないようにして、楓馬と一緒にホテルの中に入る。パオはお留守番だ。

「いらっしゃいませ」

上品な笑みを貼りつけたホテルスタッフに声をかけられ、ちょっとびくっとする。高校生の子どもがこんなところになんの用だ、そう思われたかもしれない。

「レストランの場所を知りたいのですが」

楓馬が臆せず訊く。必要な言葉がすぐ出てくる楓馬は、本当に頼もしい。

「和食でしょうか洋食でしょうか、中華もございますが」

「レストランはひとつじゃないんですか？」

「当ホテルではレストランは七か所ご用意しております」

「七か所……」

思わず繰り返してしまった。レストランに向かったのは間違いないだろうけど、さすがにどのレストランかまではわからない。これでお手上げか、とあきらめそうになったその時。

「わかりました、どこにするか、ロビーで決めますね」

楓馬がスマートに言ってわたしの腕を引く。わたしはあわててホテルスタッフの人にお辞儀をして、楓馬の後に続く。

楓馬はロビーの隅の目立たない場所まで行くと、服の形を変える時に使ったタブレットを取り出した。何度か画面をタップすると縦横にいくつも長方形が連なった、このホテルの見取り図らしき画面が映し出される。最上階だろう、いちばん上のところで赤い丸がちかちかしていた。

「うん、陽彩ちゃんのお母さん、最上階にいるね」

「えっと……これ、このホテルの見取り図だよね？」

「そうだよ。赤い丸は発信機から発せられている信号」

「発信機!?」

つい声が大きくなってしまって、あわてて口元を押さえた。楓馬がちょっと得意そうに微笑んだ。

「そんなもの、いつつけたの!?」

「陽彩ちゃんのお母さんの荷物を拾ってあげた時に、さりげなくつけたんだ。もしかしたら必要になるかもと思ってね。こんな形で役に立って、よかったよ」

「……ねえ、もしかして楓馬って、未来で警察か探偵か、スパイでもやってた？」

「まさか」

楓馬が本当におかしそうに笑った。

エレベーターに乗って、最上階まで行く。レストランの入口で店員さんに声をかけられ、ここでもわたしはまごついた。やっぱり楓馬が大人の対応で「二名で食事です」と告げると、窓際の席に案内された。運のいいことに、隣のテーブルにはお父さんとお母さんが座っていた。さっき接触したわたしが同じ空間にいることには気づいていないみたいだ。

「彩奈さんとお付き合いさせていただいております、南部陽一です」

カチンコチンに固まったお父さんがそう言って頭を下げる。テーブルの真向かいに座るおじいちゃんとおばあちゃんは、そろって渋い顔。二人の若い頃の姿をついまじまじと見てしまったけれど、すぐそんな場合じゃないと自分を叱る。やや間があった後、おじいちゃんが口を開いた。

「陽一くんと言ったね。彩奈から、同じ研究室に勤めていると聞いたけれど」

「はい、機械工学の分野を研究し、ロボットや人工知能の開発に携わっています」

「ずいぶん若いみたいだが、いくつなんだ」

「二十七歳です」

おじいちゃんの額の皺が深くなった。わたしの前ではいつもニコニコしていた優しいおじいちゃんだけど、今は表情が険しい。二十年分若くなったのもあって、怖く見える。

「あら、まだそんな歳なのね」

おばあちゃんも言う。その声にははっきりと棘があり、聞いているだけのわたしまで背筋をひやりと撫でられた感じがした。

「今は助手の身分です。しかしいずれは教授を目指すべく、日夜研究に勤しんでいます」

「陽一さんはね、すごいのよ。陽一さんが開発に携わったロボットが、もうすぐ発売されるの。工業用のロボットで、これが導入されると人件費が大幅に削減できるのよ。今から、海外にも輸出するって話も来ててね」

「彩奈は黙ってなさい」

ぴしゃりとおじいちゃんに遮られ、お母さんは不満そうな顔で口をつぐむ。おじいちゃんがお父さんにぎろり、と視線を向けた。

「彩奈の病気のことは知っているか」

「はい、なんとなくですが、本人から聞いています」

相変わらずカチンコチンのお父さんが額に脂汗を滲ませて言った。

お母さんもわたしと同じく、心臓の病気だったことはお父さんに聞かされていた。生まれつき心臓に異常があって、でも手術ができなくて、薬を飲んで発作を抑えている――わたしの病状とまったく同じだ。わたしを産んでまもなく死んでしまったのも、出産という大仕事に心臓が耐えられなかったんだろう。お父さんがはっきりそう言ったわけじゃないけれど、なんとなく察している。

「彩奈は生まれつき心臓に異常を抱えている。幸い、薬と通院で今までは普通の生活を送れていたが、これからはどうなるかわからない。普通の人より早く身体にガタが来るかもしれないし、それに結婚となると将来子どもができる可能性もあるだろう。その時、彩奈は命を失うリスクを負う」

「お父さん、何もそんな話しなくても」

「黙ってなさいと言ってるだろう」

さっきよりもおじいちゃんの口調は鋭かった。お母さんはほとんどおじいちゃんをにらみつけるような顔で黙り込む。

「私たちが反対しているのは、君が頼りなく見えるからという理由だけじゃない。大事な娘が本来よりも早く命を失うリスクを抱えようとしているんだ、当然のことだろう。見たところ君には、彩奈を支えられるほどの甲斐性はなさそうだしね」

「なんてこと言うのよ！」

お母さんがついに怒った声を出した。眉が吊り上がって、美人が怒ると本当に怖い。思わず隣のテーブルのわたしまで気圧《けお》されてしまったくらいだ。

「陽一さんはパッと見は頼りなさそうに見えるかもしれないけれど、素敵な人よ！　それとても研究熱心で自分の研究のことを話している時は目がきらきらしているし、それに、わたしの病気のことを知っても離れていかなかった。今まで付き合ってた人の中には、そうじゃない人もいた。病気の女なんて面倒くさいって、心臓のことを話した途端去られてしまったこともあった。でも陽一さんは違うの！　今だって、通院に付き添ってくれてるのよ。わたしとはこれからずっと一緒だから、わたしの身体のことはちゃんと知っておきたいって。こんな誠実で素敵な人、他にいないの！　わたしはこの人に決めたの」

まくしたてるお母さんの言葉に、わたしは感動していた。

こんな素敵な人は他にいない、この人に決めたって、自分の結婚を反対している両親に、まっすぐ反論できるなんて。

今のわたしと、十歳も違わない。まだ若いお母さんの中に、こんな熱さが秘められていたなんて。少なくともわたしがお母さんの立場だったら、こうやって食ってかかることなんてできなかっただろう。

「彩奈、お父さんの話も聞きなさい」

ぴんと背筋を伸ばしたおばあちゃんが口を開く。若い頃のおばあちゃんは、少しだけお母さんに似ていた。一歩も引かない、といった顔で続ける。

「お父さんはね、ただ意地悪な気持ちであなたたちの結婚に反対しているわけじゃないの。単に彩奈のことが心配なだけなのよ。あなたは覚えていないだろうけれど、赤ちゃんの頃は生死の淵を彷徨ったこともあったの。その時、わたしたちは生きた心地がしなかったわ。結婚して、もしこの先子どもができたら、また命のリスクを抱えることになるのよ？　親のわたしたちだって、すごく苦しかったの。彩奈は陽一さんにそんな思いをさせるの？」

「何よ、それじゃあわたしは一生ひとりで生きていけっていうの？　むしろ、結婚して子どもを持つのなら、体力がある若いうちのほうが身体の負担は少ないんじゃない？」

「何も一生ひとりでいろと言っているわけじゃない。お前はまだ若いし、もう少し考えなさいと言っているだけだ。だいたい、結婚するならもっとましな男を連れてきたらどうだ？　こんなぼさっとした男を連れてくることないだろう」

「お父さん失礼よ！　ぼさっとした、なんて！」

「あ、あの……みなさん落ち着いて……」

お父さんがおどおどと声をかけるけれど、それがおじいちゃんの逆鱗に触れたらしい。おじいちゃんは勢いよく、グーでテーブルを殴りながら言った。

「君は黙ってなさい!!」

き――――ん、と響く鼓膜が破れそうになるほどの大声。店内にいた人たちがいっせいにこっちを振り向く。

同時に、殴ったはずみでテーブルの端にあったフォークが落ちて、わたしの足先へ転がってきた。

考える前に、身体が動いた。

「あの、これ、落としました」

フォークを拾って渡そうとすると、受け取ろうとしたお母さんと目が合った。お母さんはわたしを見てびっくりした顔になる。

「あら、あなた、さっきの……」

「すみません。お話聞いてしまったんですが」

視界の端で、楓馬がおろおろしながらこっちを見ているのがわかる。接触するな、歴史に干渉するな。そう言いたいんだろう。でも今はむしろ、歴史に干渉しないと駄目な気がする。だってこのまま婚約が決裂しちゃったら、わたしが生まれなくなっちゃうんだもの。

「お父様とお母様の言いたいこともよくわかるんですが……なんていうかその、寂しいだけじゃないんでしょうか」

言ってしまった途端、おじいちゃんとおばあちゃんが目をぱちくりさせる。当然だ、娘の結婚話に赤の他人、しかもこんな小娘が割り込んでくるんだから。でもこんな顔をされたくらいで引き下がるわけにはいかない。

今この瞬間、わたしがこの世に生を受けるかどうかの一大事がかかっている。

「さっきから聞いていると、甲斐性がないとか、もっとましな男を連れてこいとか……娘さんの身体のことを心配しているようで、本当はただ自分の手を離れてほしくないというか、他の誰かのものになってほしくないというか、そんな気持ちで難癖をつけているような印象だったので……たしかに娘さんはこんなにきれいに、立派に成長したんですから、結婚してしまったら寂しいのはわかります。でも娘さんは、幸せになりたくて、陽一さんを選んだはずです。自分の幸せを他でもないお父さんとお母さんに応援してほしくて、こうして紹介したと思うんです。娘さんだって、結婚して子どもができたら、命を失うリスクを負うことはわかっています。でもそれでも、陽一さんと一緒にいたいって言ってる娘さんの声にどうか耳を傾けてはくれませんか。少なくとも、この人に決めた、って。こんなにはっきり言える相手と出会えることって、そうそうないんじゃないでしょうか」

わたしは、恋を知らない。この人が好き、この人と幸せになりたい。そんな男の子と出会ったことなんてまだないから、こんなことぐらいしか言えない。

でもわたしは知っている。お父さんとお母さんがちゃんと愛し合った結果、わたしが生まれたこと。だからこそお父さんが、わたしをせいいっぱい愛してくれることを。

「娘さん、すごく素敵な女性じゃないですか。反対しているお父さんとお母さんに向き合って、それでもわたしはこの人が好きなの、ってまっすぐ言えるって。それって、すごいことだなって……親としていろいろ思うことはあると思うんですが、娘さんを信じてあげることはできませんか」

「なんなんだ君は！　ひとの会話を盗み聞きしていた上、他人のくせに勝手に話に入ってくるなんて！」

おじいちゃんがだるまみたいに真っ赤な顔になって怒り出した。こんなおじいちゃん、はじめて見る。どうやらわたしの説得はまるで逆効果、逆鱗に触れてしまったらしい。

「あなた、ずいぶん若いわね。まだ高校生じゃない？　ひとの会話に割り込んでくるなんて、親御さんはどういったしつけをしているのかしら」

おばあちゃんも今まで聞いたことのない冷たい声で言った。楓馬が頭を抱えている。

「子どもは黙ってなさい！　これは大人の話なんだ、他人が口を挟むことじゃない」

「いいえ、挟まさせていただきます。わたしは他人じゃないので。わたしは」

ちらりとお父さんのほうを見ると、お父さんは眼鏡の向こうの目をおろおろさせていた。

こうなったら、口を挟む口実を作ってしまえ。嘘も方便だ。

「わたしは、南部陽一さんの従妹《いとこ》です」

四人がいっせいに目を見開いた。お父さんに至っては、目玉が今にもこぼれんばかりだ。

「小さい時、陽一さんはよくわたしと遊んでくれました。眠れない夜には、絵本を読み聞かせてくれた」

若い頃のお父さんの顔に、よく見知ったお父さんの顔が重なる。小さい頃わたしはラプンツェルの絵本が好きで、寝る前はしつこく読み聞かせをせがんだ。わたしのリクエストに、お父さんは嫌な顔をしないで応えてくれた。何十回、何百回と繰り返されたお話を、今もすみずみまで覚えている。

「料理は決してうまくないのに、料理本とにらめっこして、おいしいご飯を作ってくれました。オムライスは味が濃過ぎたしハンバーグは生焼けだったけど、失敗してごめんね、って言いながら一緒に食べてくれて、それがうれしかった」

他の子どもたちがお母さんにおいしいご飯を作ってもらっているのを知って、自分にはお母さんがいないから無理だとあきらめるしかなかった。そんなわたしの気持ちを察して、お父さんはよく台所に立った。お父さんの料理には失敗がつきものだったけど、それでも愛情のこもった家庭の味がした。

「学校で嫌なことがあって泣いていると、陽彩はいい子だから大丈夫だよ、そのうちきっと陽彩のことをわかってくれる友だちができるよ、って励ましてくれた。わたしはつい人との間に壁を作る子になっちゃったけれど、おとうさ——陽一さんのおかげで、人を信じられない子にはなりませんでした」

元気が出ない時、お父さんは「どうしたの?」と優しく訊いてくれた。何があったか話しながら泣いてしまうといつも頭をわしゃわしゃと撫でてくれて、「陽彩がいい子だってお父さんは知ってるよ」と言ってくれた。それがどれだけ、心強かったか。

「陽一さんは見た目こそぱっとしないし、実際、ひとを惹きつけられるカリスマ性みたいなものはあんまりないけれど、でもすごくいい人です。人の心をあったかくくるんで、元気づける力を持っている人です。だから娘さんのことだって、ちゃんと支えてくれるはずです。娘さんを、娘さんが選んだ陽一さんを、信じてあげてください」

そう言って頭を下げた時、胸がじんと熱くなって、涙が出そうになった。

わたしは知らなかったけれど、ああいうちゃんとしたレストランで食器を落とした時、拾うのはお客さんじゃなく、スタッフさんの仕事らしい。

「お客様、フォークを落とされたようですので、新しいものに交換いたしますね」

スタッフさんがおじいちゃんたちに声をかけ、落としたフォークが回収された後、料理が運ばれてくる。わたしは「差し出がましいことを言ってしまってすみません。あとはみなさんだけでお話してください、わたしはただの従妹なので」と謝って、楓馬に向き直った。楓馬はにこっと笑って、テーブルの端っこでわたしだけにしか見えないようにVサインを送ってくれた。

隣のテーブルの雰囲気が、さっきまでとはあきらかに変わった。おじいちゃんは食事をしながら、お父さんに積極的に話題を振り、お父さんは相変わらず緊張した声で、それにちゃんと答えていた。会話がはずみ、時折笑い声まで起こる。

「えーと、名前はなんと言ったかな。陽一くんの従妹の君、ちょっとこっちに来なさい」

お酒が入っているらしく、酔っ払ったおじいちゃんが隣のテーブルのわたしを手招きする。派手な嘘をでっちあげてしまった以上断ることもできず、四人の輪に入る格好になってしまった。

「陽一くんには、これまで彼女はいたのかね？　従妹の君から見て、女の影はなかったかい？」

「ええと、それは……わたしの知る限りでは、なかったと思います。陽一さんは本当に真面目な人なので」

この場合、この答えでたぶん合ってる……よね？　おそるおそるお父さんのほうを見ると、お父さんもお酒を飲んだのだろう、赤らんだ顔で瞳を潤ませている。

「僕にとっては、彩奈さんが正真正銘、はじめての恋人です」

「はじめての恋人って、あなた、二十七でしょ？　今どきの人にしては、ちょっとオクテなのねえ」

おばあちゃんがにやにやしながら言った。いたずらっぽい口調に、おばあちゃんもお父さんに心を許しはじめている気がした。

「僕は十代の頃は勉強ひと筋、大人になってからは研究ひと筋で生きてきて、今まで女性との出会いがありませんでした。心惹かれる人が現れたとしても、遠くから見ているだけで。でも彩奈さんの存在は、僕に勇気をくれた。見ているだけじゃなくてこの人のことをもっと知りたい、もっと話したい。そんな気持ちが、臆病さに勝って、勇気が出たんです。僕は彩奈さんを愛しています。生涯をかけて、彩奈さんを幸せにすると誓います」

「陽一さん、酔っ払い過ぎよ」

お母さんが照れているのか頬をピンクに染めて言って、お父さんに水を差し出す。

おじいちゃんとおばあちゃんは、そんな二人をどこかまぶしそうに見ていた。

「陽一くんがちゃんとした青年だということはわかったが、結婚を許したわけではない。それとこれとは別だ」

食事会がなんとか無事に終わり、みんなでエレベーターを降りた後、ホテルのロビーでおじいちゃんが改まってお父さんに向き直って言った。お父さんはぴしりと背筋を伸ばす。

「簡単に許していただけるとは思っていません。何度でもお願いさせていただきます」

「頼もしい言葉だな」

おじいちゃんがふっと頬の力を緩めるのがわかった。

「また近々、君とじっくり話をする席をもうけたいと思う。それと従妹の君も、もし嫌でなければ同席してもらえるとうれしい。第三者の意見も参考までに聞きたいからね」

「え!? あ、は、はい!」

まさかこんなことを言われるとは思わなくて、裏返った声がやたらと大きくなってしまった。

「今日はありがとうね。あなたのおかげで、陽一さんの印象、だいぶよくなったみたい」

タクシーで帰るおじいちゃんとおばあちゃんを見送った後、お母さんに言われた。

隣でお父さんもほっとした顔をしている。

「まさか偶然会っただけの子が陽一さんの従妹で、しかも隣のテーブルの席に座ってたなんてね。もしかしてだけど、嘘?」

「はい……嘘です、すみません……」

相手を陥れるためではなく、ひとの幸せのためについた嘘であっても、嘘は嘘だ。

今さらながら罪悪感が込み上げて小さくなっていると、お母さんがにこっと笑った。

「謝らないで。うれしかったのよ、わたしと陽一さんのことを応援してくれる人がいて。それに、ちょっと感動すらしちゃった。見ず知らずの人をこんなに必死に助けられる、そんな人がいるんだもの」

　そこでお母さんが何かに気づいたように、目をぱちくりさせた。

「陽一さんと従妹だっていうのは嘘、なのよね？」

「はい……嘘ですけど……」

「そう、でも不思議ね。あなたの輪郭とか口元とか、よく見ると陽一さんにちょっと似てる気がする。ひょっとしたら、すごく遠いけど、本当に血がつながってるのかしら」

　似ているのは当たり前だ、すごく遠いどころか、まぎれもなく親子なんだもの。楓馬がわずかに眉をぴくつかせた。ここで娘だってことがばれたら、絶対にまずい。

大袈裟に笑ってごまかした。

「まさか、そんなわけないじゃないですかー！　きっと他人の空似《そらに》ですよ！」

「あはは、そうでしょうね。でもちょっと、あなたのご両親に会ってみたいな」

「両親に？　どうして……」

「損得勘定考えず、他人に親切にできるって素敵なことだもの。だからあなたのご両親も、きっと素敵な人のはずよね」

　目を細めて言うお母さんの姿に、胸のあたりにじゅわっとあたたかなものが広がる。

　わたしは、お母さんのことを知らなかった。わたしを産んでくれた人だというのは間違いないけれど、会って話したのは今日がはじめて。写真でしか知らない、既にこの世にいないお母さんは、他人以上に遠い人だった。

でも実際会ってみたら、お母さんはお父さんが語るとおり、非の打ちどころのない女性だった。

この人のお腹から生まれたから、そしてお母さんが選んだお父さんが、わたしを育ててくれたから。わたしの両親は本当に「素敵な人」だと、今は胸を張って言える。

「お父さん、お母さんと結婚する時おじいちゃんとおばあちゃんに反対されて大変だったって、言ってたんだよね」

お母さんたちと別れた後、横浜の夜の空を疾走するデロリヤンの助手席で、楓馬に言った。眼下に広がる横浜の夜景は、暗闇に宝石をちりばめたようにきれいだった。みなとみらいに屹立《きつりつ》する観覧車が夜の端にぼんやりと光を広げている。

「そうなの？」

「うん。で、その時に助けてくれた人がいたんだって。名前も何もわからないんだけど、って。もしかしたらその人って、わたしだったのかな」

「だったら、よかったじゃないか。結果的に親を助けられたんだし、これで陽彩も無事にこの世に生まれる。むしろ陽彩が今日この時代に来なかったら、あのまま婚約は決裂していたかもしれないな」

後部座席からパオが飛び出してきて横やりを入れる。言い方はぶっきらぼうだけど、ロボットのくせに、なんとなく優しさの感じられる言葉だった。

ハンドルを握りながら、楓馬がちらっとこっちに視線を向けて言った。

「陽彩ちゃんの目的は、これで果たせた？」

「うん、ばっちり。ありがとう楓馬」

「じゃあここからは、僕の目的に付き合ってもらうよ」

「目的？　楓馬にこの時代に来る目的なんてあった？」

「横浜っていったら、デートスポットがたくさんあることで有名でしょ」

デート、という単語に心臓の奥がきゅ、と反応する。

楓馬から告白されていたこと、忘れてたわけじゃないけれど、なんだか急に現実に戻された気がする。

「なんだい楓馬、こんな夜中に陽彩を連れ回して。いかがわしいことでもするつもりか？」

再び横やりを入れるパオのおでこを、楓馬が人さし指で思いっきりはじいた。パオの丸っこい身体が後部座席の奥へ飛んでいく。

「おい、痛いぞ！　ロボット虐待反対！」

「パオはお邪魔虫なんだから、充電モードにしちゃうよ。しばらくゆっくり寝てなさい」

「はいはい、わかりました。若い二人の邪魔はしませんよ」

パオが姿勢を正し、短い翼をぐいと伸ばしておでこを押さえた。

山手町《やまてちょう》にある『港の見える丘公園』は、横浜の定番デートスポットらしい。楓馬がタブレットで調べてくれた情報だけど。

その格好だとコスプレイヤーか何かみたいで目立つし一緒に歩くのは恥ずかしい、と言うと楓馬はしょげながら「一応一張羅《いっちょうら》なのに……」と文句を言いつつも、トイレで着替えてきた。眼帯をした猫がプリントされたTシャツとブラックジーンズの組み合わせは、未来人の楓馬を今どきのおしゃれ男子に見せてくれて、細身のブラックジーンズにきゅっと収まった長い脚がモデルみたいにきれい。

「楓馬、そういう服着るとほんと格好いいよ！　いつもそういう服着てればいいのに」

「あのスーツはね、自動洗濯機能つきなんだよ。においも汚れも自動で洗い去ってくれる」

「へー、未来の科学技術ってすごいんだね。でも、利便性は大事だけど、おしゃれも重要だよ」

そんな話をしながら、わたしたちは展望台を目指す。

夜に浮かび上がるようにマンションが建っていて、無数の窓から白やオレンジの明かりが漏れている。その向こうに横たわっているのは、横浜のシンボルであるベイブリッジ。巨大な光の帯みたいな橋を、Hの形になった鉄筋コンクリートが支えている。マリンタワーも見えた。高さはあまりなさそうだけど、頂上のまあるい展望台がほわっと青白く輝いていて、どこか幻想的な雰囲気だった。

「ここにいる人たちみんな、恋人同士なのかな」

気づくと周りはみんな、男女二人の組み合わせだ。そういう不文律《ふぶんりつ》でもあるみたいに、各ベンチに一組が座り、肩を寄せ合っている。

「そうなんじゃない？　二人きりで夜景を見に来るってことは」

軽い調子で答える楓馬。じゃあ二人きりでやってきたわたしたちも、カップルなのか。楓馬の告白に答えを出すなら、今だと思った。

それにわたしは、まだ約束を果たしていない。

「ねえ、楓馬」

「なあに？」

楓馬の目がわたしを見る。ビー玉みたいに澄んだ、邪気のないきれいな瞳。言葉や態度は大人っぽくても、目のまっすぐさは同い年の男の子だ。

「約束のことだけど」

「約束?」

心底不思議そうに言うので、少々面食らった。まるで、すっかり忘れていたみたいな言い方だった。

「ほら、お願い聞いてくれたら、楓馬の言うこと、なんでもひとつ聞くってやつ」

「ああ……そんなことも言ってたね」

楓馬が思い出したように言った。まさか、本当に忘れてたんだろうか。

「どうする? わたしに、何をしてほしい? 何か買ってほしいとかなら、ある程度応えられるよ。自慢じゃないけど、お小遣いはけっこうもらってるほうだと思うし、ちゃんと貯金もしてる。といっても、楓馬から見たら二十一世紀の日本にあるものなんて、みんな骨董品《こっとうひん》かもしれないけど」

「いいよ、別に」

「いいよ、って……」

楓馬がふわり、とわたしの頭に手を置いて、いつのまにか緊張してかたくなっていた心がするするほぐれていった。

「僕のお願いならもう陽彩ちゃん、聞いてくれたじゃない」

「楓馬のお願い?」

「この時代の横浜で、デートしたいって目的」

いたずらが成功した子どもみたいに笑う楓馬に、拍子抜けしてしまった。

「そんなことでいいの？」

「そんなこと、って。僕には大事なことだよ」

頭に置いた手をそっと動かし、優しく髪を撫でながら楓馬は続ける。

「陽彩ちゃんとちょっとでも長く一緒にいること。陽彩ちゃんとたくさん思い出を作ること。僕にとっては、何よりも大事なことなんだ」

楓馬の言葉が弱った心臓に染みわたって、身体の中心がぽかぽかとする。頭を撫でられながら何かをたしかめるみたいに楓馬を見上げる。楓馬の優しい笑顔を見ていたら、自然と言葉が出てきた。

「あのね、楓馬」

「うん」

すっと小さく息を吸って、続ける。

「わたし、正直まだ楓馬のこと好きなのかどうかわからない。もう十六だけど初恋だってまだだし、ひとを好きになったことも付き合ったこともないし。男の子を好きになる、ってどういう感情かよくわからない。でも、はっきりしていることがあって。わたしは、楓馬と一緒にいたいの。これからも毎日、こんなふうに会って、いろんなところに行ったりおいしいものを食べたりきれいなものを見たり、そういうことをしたいの、楓馬と」

楓馬の存在はわたしの中で、いつのまにかとても大きくなっていた。恋愛感情があるかどうか以前に、わたしは楓馬が人として大事なんだ。

もし楓馬が未来人じゃなかったとしても、そう思っていただろう。

「楓馬といるとね、一緒にいて楽しいのはもちろん、それ以上にほっとするの。わたしがわたしらしくいられるの。そんなふうに思える人、今まではお父さんと希織ぐらいしかいなかったから。楓馬はいつのまにか、わたしの心の中にいたの……だから」

ぎゅっ、と決意を握りしめるように、両手を握った。楓馬がいつくしむような目でわたしを見ている。

「だからわたしと、付き合ってください。これからもわたしと、一緒にいてください」

そう言った瞬間、世界じゅうが静まりかえって、すべてのものが息を止めたようになり、楓馬しか見えなくなった。

握りしめたままだった両手を、楓馬の手がそっと包み込む。

「こちらこそ……喜んで」

楓馬の頬がちょっとだけ赤くなっていた。楓馬からわたしへ、照れ笑いが伝染していく。

こうして、横浜の港の見える丘で、わたしたちの恋がはじまった。

第八章　最期に笑っていてほしい

過去に行って若い頃のお父さんとお母さんに会って、港の見える丘で楓馬の告白を受け入れた、その翌日、午後。

ベッドのそばに腰掛けた希織が、わたしを見て『不思議の国のアリス』のチェシャ猫みたいににやにやしていた。

「で、その後抱きしめられちゃったりとかしたの？」

「まさか。いくら夜の公園で、周りにはカップルだらけで、ムード満点だからって、そこまで熱に浮かされてないよ、お互い」

「ふーん。ま、楓馬くん真面目そうだもんね。でもあの感じは、恋愛に慣れてそうだけど。なかなかの手練《てだ》れだと見た」

「そうかな？　て、別にどうでもいいし。所詮過去の恋愛でしょ」

「あらそ。ほんとは気になるんじゃない？」

「そんなことないってば！」

朝起きてすぐメッセージで希織に楓馬とのことを報告すると、朝の忙しい時間にもかかわらず、すぐ返信が来た。『マジで？　今日学校終わったらすぐ行くから、どういうことか詳細聞かせて』――やってきた希織は、いつになくテンションが高かった。オクテなわたしに彼氏ができるというのは、希織にとっても一大事らしい。

「でも、ほんとによかったの？　陽彩、気持ちがはっきりしない感じだったじゃん」

「何それ。オッケーって言えって、希織が言ったんでしょ?」

「言ったけどさあ。でも陽彩って、片想いすらろくにしたことないじゃん。しかも相手は未来人でしょ、これからどんなふうに付き合ってくんだろ、って思っちゃうわけよ」

たしかに楓馬と恋人同士になったはいいものの、「付き合う」ということ自体がまだわたしの中でぼんやりしている。二人でいろんなところに行っておいしいものを食べたりきれいなものを見たりしたい、そう言ってはみたものの、よくよく考えたらそれって、別に友だち同士でもできることじゃない? わざわざ「付き合う」必要ある? そんなことを考えてしまうくらい、わたしの恋愛偏差値は低い。

「ねえ、友だちと恋人の、決定的な違いってなんなの? 仲のいい男女の友だちと、付き合ってる二人と。いったい何が違うの?」

うーん、と希織はしばらく考え込んだ後言った。

「あたしたちも、もう高校生なんだし。それはやっぱり、行為があるかないか、じゃない?」

「行為……」

思わず繰り返してしまって、頬がぼっと熱くなる。希織が噴き出した。

「あはは、陽彩、今エッチなこと考えてたでしょ」

「考えてないし！　ていうか希織、昨日付き合い始めたばっかりの人に、そんなこと言う!?」

「いやだから、これは一般論で。それに希織が想像してるほどのことじゃないよ。キスとかハグとか、あるいは手をつないだりとか。友だち同士ならしなくて恋人同士ならすること、いろいろあるでしょ」

笑いながら言う希織を前に、今度はわたしが考え込んでしまった。

一般論ではそのとおりなんだろう。でもわたしは少女漫画や恋愛ドラマや、そういうもので見せ場としてラブシーンが描かれても、心を動かされたことがない。登場人物たちの気持ちに共感できず、自分とは関係ない、遠いことだと思いながら見てしまう。

中学生の時、彼氏とキスしたって話をクラスの子がしてたけど、その時も頬を紅潮させて自慢げに語るその子を、どこか冷めた気持ちで見てしまった。そんなことくらいで大人の階段を上ったことになるのかと思ってしまうし、ましてや二人の関係がそれまでと変わったりするんだろうか。

「希織は、あるの？　そういう経験」

そう聞くと、希織は目を見開いて、ぶんぶん手を振った。わかりやすくあわてている。

「あるわけないでしょ。そんなことあったらとっくに陽彩に報告してるし」

「……希織ってさ。嘘ついたり何かごまかしてる時は、目を逸らすんだよね。必ずそう。自分じゃ気づいてないかもしれないけど」

ちょっと強い声を出した。やがて希織は観念したようにふーっと息を吐き、それからちょっと赤くなって続ける。

「あるよ、一度だけ。バレンタインにデートして、その帰りに。あっという間だったよ、顔が近づいてきて、一瞬だけちゅっと、唇と唇が触れて。それで、おやすみって。向こうもすごく、勇気がいったんだろうなあ。顔、真っ赤だった」

「ふーん……」

「ふーん、って何よ？　自分で問いただしたんだから、もっとなんかあるでしょ、リアクション」

相手はサッカー部の元彼のはずだけど、希織は卒業してまもなく、その彼と別れている。つまり、そのキスは二人の関係を深めたり進めたり、そういうものにはならなかったということだ。希織は照れながら、すごく重要なことみたいに話したけれど、そんなにもったいぶるほどのことだとも思えない。

「ま、彼氏できたんだから、陽彩もそのうちわかるよ」

ぽん、と希織がわたしの肩をたたく。

「男の子を好きになるってどういうことなのか、好きな相手に好きだって言ってもらえることがどれだけ幸せか。青春時代のファーストキスは、一生の思い出になるよ」

「一生の思い出、ねえ。なんかすごく大袈裟に聞こえるなあ」

「あはは。大袈裟、かあ。陽彩はまだまだお子ちゃまだなあ」

「うるさいよ！」

希織の脇腹を軽く小突くと、希織はまったく悪びれた様子なく、ごめんごめんと笑った。

楓馬のことを少し考えた。もし楓馬とキスする日が来たら、わたしもその時のことを一生の思い出にできるんだろうか。


希織が帰った後、日課になってる院内の散歩をすることにした。日課といっても、院内の光景は特に代わり映えしない。お医者さんや看護婦さんが行きかい、面会に来た人と患者さんがおしゃべりしている。病院の廊下は今日も、薬品を薄めたような独特のにおいがぷんと漂っていた。

せっかくだから、樹里ちゃんに会っていこうか。彼氏ができたって報告するわけにはいかないけれど、樹里ちゃんの恋愛が進展してるかどうか、気になるし。

そう思って樹里ちゃんの個室に向かうと、ちょうど中から澄夜くんが出てきたところだった。

「こんにちは」

声をかけると澄夜くんが振り向く。日焼けしている顔が、なぜか青ざめていた。

「あなた、樹里の友だちの……」

「あ、この前名乗ってなかったよね。南部陽彩です。樹里ちゃんとは仲良くさせてもらってます」

改めて自己紹介をして軽くお辞儀をすると、澄夜くんもお辞儀をする。でも、なんだろう。動作がどこかぎこちない。心ここにあらず、といった感じだ。

悪い予感がむくむくと頭の中でふくれあがる。

「樹里ちゃんのお見舞いに来たの？」

「はい……」

「樹里ちゃん、元気？」

「それが……」

澄夜くんがゆっくりと次の言葉をしぼり出し、悪い予感が現実になる。

「樹里、肺炎にかかってて。それで今、かなり具合が悪いんです……」

「え……」

膝からがくりと崩れ落ちそうになった。

瞼の裏に、この前会った元気な樹里ちゃんの笑顔が浮かぶ。

病気を治すぞって、前向きだった樹里ちゃん。

澄夜くんにお守りを渡そうかなって、頬を染めて言った樹里ちゃん。

樹里ちゃんはわたしと違って余命宣告されてないし、白血病という大病に冒されていても、絶対元気になるって思ってたのに。

どうして、神様はこんな残酷な仕打ちをするんだろう。

「大丈夫ですか、陽彩さん」

澄夜くんの声に、はっと現実に引き戻される。心配そうにわたしをのぞき込む澄夜くんは、やっぱり表情が暗い。澄夜くんはきっと樹里ちゃんのことが好きだ。その樹里ちゃんの命が危ないんだから、この人だってつらいだろう。

「大丈夫。ちょっとびっくりしただけで。澄夜くん、えらいね。こんな状況になっても、お見舞いに来るなんて」

「あと少ししか、顔見れないかもしれないし。そう思ったら、毎日でもここに足が向くんです」

縁起でもないことを言ってしまったのに気づいたのだろう、澄夜くんがはっと口をつぐむ。

「ごめんなさい、あと少しなんて。俺がそんな気持ちでいちゃ駄目ですよね。つらいのは樹里なのに」

「ううん……樹里ちゃん、そんなに悪いの？」

「俺、何かあった時のためにって、樹里のお母さんと連絡取ってるんですけれど」

隣の病室に見舞いに来たんだろう、患者さんの家族らしき男女二人組が笑いながら通り過ぎていく。澄夜くんが声をひそめた。

「いつ何があってもおかしくない状況だから、今のうちに会わせたい人はなるべく呼んでるって言ってました。本人には何も言ってないらしいけど、たぶん気づいてるんじゃないかと。樹里、そういうのは敏感なタイプだと思うし」

「そう、なんだ……」

かつて、余命宣告されてるわたしよりも、そうじゃない樹里ちゃんのほうが幸せだと思っていたけれど、今から思えばなんて愚かな考えだったんだろう。

樹里ちゃんだって、命の危機がある大きな病気と闘っている。容態が急変して、こんなふうに具合が悪くなることだってじゅうぶんありえたのに、それを今の今までわかってなかった。

樹里ちゃんのつらさ、明日がこのまま続いていくかどうか、不確かな不安。わたしはちっとも考えてなかった。自分のことばかり、かわいそうだって憐れんでた。

なんてひどい友だちだろう。

「俺は、今日はもう帰ります」

澄夜くんがぺこり、と小さくお辞儀をした。

「陽彩さんも今のうちに、たくさん会ってあげてください。樹里、陽彩さんのことすごくうれしそうに話すんですよ。友だちができたの、って」

「そうなんだ……」

「陽彩さんが会いに来てくれたら、樹里も心が楽になると思います」

そう言って澄夜くんは帰っていった。

個室に入ると、ドアの開閉音に気づいた樹里ちゃんがだるそうにこちらに頭を動かし、力ない笑みを浮かべた。紙のように白い顔。秒単位で命がその身体の中からこぼれ出ているのを感じて、喉の奥がきゅっと狭くなる。

「ありがとう、来てくれて」

樹里ちゃんの鼻にはチューブが入れられ、腕にも点滴の管がいくつも刺さっていた。頬はやつれ、身体全体がしぼんでしまっている。言葉が見つからないわたしに向かって、樹里ちゃんが言った。

「あたし、もう駄目みたい」

「そんなこと……」

「自分のことは、自分がいちばん、よくわかってる」

既にあきらめ、受け入れてしまった笑顔で樹里ちゃんは言う。そんなことない、まだ生きられる、そう言いたかったけれど、そんな根拠のない薄っぺらい言葉にはなんの力もないだろう。

「陽彩ちゃん、ありがとう」

「樹里ちゃん……」

「あたしの友だちでいてくれて、ありがとう。陽彩ちゃんのおかげで、楽しかった」

病院で出会った友だちだから、樹里ちゃんとは病院の中での思い出しかない。ラウンジで何時間もおしゃべりしたりとか、樹里ちゃんの個室でボードゲームをやったりとか。そんな些細な思い出を、楽しかったと言ってくれる樹里ちゃん。わたしも何か言いたかった。ありがとう、楽しかった、出会えてよかった。でもそう言ってしまったら樹里ちゃんがもうすぐいなくなる、それが本当のことになってしまいそうで、何も言えない。ただ、涙をこらえるのがせいいっぱいだった。

「澄夜と、一度くらいデートしてみたかったな」

樹里ちゃんが遠い目になって言う。

「澄夜はもしかしたら、あたしのことなんてなんとも思ってないかもしれないけど。他に好きな子とか、いるかもしれないけど。でも……一緒に街に出て、アイスクリームを食べたりしてみたかったな」

出した声が、震えていた。駄目だ、泣いちゃ。つらいのは樹里ちゃんなんだから、わたしが泣くことは許されない。そう自分を叱るのに、出るのは涙が混じった頼りない声。

「今からでも、澄夜くんに伝えなよ、好きだって。そうしないと、樹里ちゃんきっと、後悔する」

樹里ちゃんはしばらく黙った後、泣きそうな顔で微笑んだ。

「もうすぐ死んじゃう人間からの告白なんて、重いだけでしょ」

「そんなこと……！」

「そんなこと、あるよ。断るに断れないし、それに澄夜があたしのこと好きでいてくれたとしたら。はっきりさせてたら、あたしが死んだ後、なおさら立ち直れなくなりそうじゃん？」

樹里ちゃんは本当に心がきれいな、優しい子なんだ。命が失われるという、普通なら気がおかしくなっても仕方ない絶望的な状況でさえ、自分の気持ちを伝えたいという欲よりも、自分の気持ちを受け取った澄夜くんのことを第一に考えている。

わたしだったらきっと何も考えずに言ってしまうだろうに、小さい頃から病気と闘ってきた樹里ちゃんは、わたしよりずっと大人なんだろう。

「澄夜には、幸せになってほしいんだ。あたしがいなくなったら、さっさとあたしのことなんて忘れて、他の人に恋をして幸せになってほしい」

「樹里ちゃん……」

「だから、このままでいいの。澄夜にあたしの気持ちを背負わせたくないの。あたしはね、澄夜がお見舞いに来てくれて、それだけでうれしかった。澄夜といっぱい話せたから、それだけでよかった。だからもう、じゅうぶん」

本当に心からそう信じているような、幸せにすら見える顔で、樹里ちゃんは言った。

自分の個室に戻って、ベッドに潜って、何もせずにただ時が過ぎてゆくのを待った。窓の外では夏の長い日がゆっくり落ちていって、濃い夕闇に変わっていく。わたしはただじっと息をして、酸素を消費し続けていた。

こうしている間にも、樹里ちゃんの時間は砂時計の砂が落ちてゆくように少しずつ減っているのだと思うと、胸が詰まって喉が苦しくて、何もできなかった。池澤さんが運んできてくれた夕食にも、ほとんど手をつけなかった。ぜんぜん減っていないお盆の上を見て、池澤さんは「ひーちゃんどうしたの」と顔をしかめたけれど、すぐに察したんだろう。わたしと樹里ちゃんが仲がいいことを、この人は知っている。

「今日は、目も合わせてくれないんだね」

楓馬の寂しそうな声に我に返る。

抜け殻といっても差し支えない状態になっていたわたしは、消灯時間の後、楓馬が個室に入ってきたのにも気づかなかった。

「友だちが、死にそうなの」

口にしてしまうとあっけなく感じられて、それが悲しい。楓馬は少しだけ目を見開いた。

「その友だちって、希織ちゃんじゃないよね？」

「まさか。あの子は死からいちばん遠いよ」

「じゃあ誰が……」

「入院してから仲良くなった子で、小さい頃からずっと白血病と闘ってたの。樹里ちゃんっていうんだけど」

それからわたしはかいつまんで、樹里ちゃんのことを話した。病気を感じさせない明るく元気な子だということ。樹里ちゃんと過ごす時間が本当にきらきらしていたこと。澄夜くんという好きな男の子がいて、おそらく両想いじゃないかということ。

話しているうちに、涙が出てきた。わたしに泣く権利なんてないのに。樹里ちゃんのつらさを思いやるどころか、余命宣告されてないわたしより幸せじゃないかって、そんなひどいことを考えてたわたしが泣いていいわけない。泣いちゃいけないのに泣きたくないのに、涙はぽろぽろこぼれて、感情が噴き出す。

「楓馬の持ってる未来の便利な道具で、樹里ちゃんを救うことはできないの？」

お願いしているように、責めるような口調になってしまう。楓馬は何も言わない。沈黙こそが、答えだった。

「おかしいよ、わたしなんかが助かるのに、樹里ちゃんみたいな優しくて素敵な子が、こんな若さで死んじゃうなんて。楓馬お願い、わたしの代わりに樹里ちゃんを助けて」

「陽彩ちゃん」

わたしの両肩に自分の手を乗せ、楓馬が言った。楓馬の手のひらは今日も冷たかった。

「命はみんな平等だなんて、嘘なんだ」

「な……！」

「たとえば、政治家と一般人が同じ事故に巻き込まれて、病院に運ばれたとする。その時一般人より政治家の治療を優先したら病院を責める人がいるけれど、本当は責められるようなことじゃないんだ。人が背負う役割や責任の重さには、それぞれ違いがある。命の重さに順列をつけるのは、間違ってることじゃないんだよ」

楓馬は今までに見たことないほど苦しそうな顔をしていた。楓馬だって本心は、自分の言葉を取り消したいんだろう。間違ってることじゃないとは言っても、正しいことだとも思っていないんだろう。

「未来の規定で、過去に戻って運命を変えていいのは、未来に続く功績を残した人だって決まってる。陽彩ちゃんは、功績を残した人だ。だけどその樹里ちゃんって子は違う。樹里ちゃんの運命を変えることはできない」

「樹里ちゃんは」

涙のせいで出した声が震えているのがわかる。つらそうな楓馬の目をしっかり見つめながら、頼りない声を振り絞る。

「樹里ちゃんは、恋をしているの。澄夜くんとは、きっと両想いなの。言ってたよ、一度くらいデートしてみたかったって」

「陽彩ちゃん……」

「運命を変えられないなら、せめて樹里ちゃんに最期、なんの心残りもなく死んでほしい。笑ってこの世を去ってほしい。樹里ちゃんの運命を変えられないなら、せめて樹里ちゃんの力になりたい」

知り合ってまだまもない、付き合いの浅い友だちだけど、余命宣告されて落ち込んでたわたしの支えになってくれた樹里ちゃん。

樹里ちゃんの存在に感謝してるから、今樹里ちゃんのために何かしたいと思う。笑顔が素敵な樹里ちゃんだから、最期まで笑っていてほしかった。

楓馬はしばらく黙り込んだ後、いつものように腰のベルトから、しゅっと何かを取り出した。よく見るとそれは、手のひらサイズの弓矢だった。矢の頭のところにかわいらしいピンクのハートマークがついている。

「これ……おもちゃか何か？」

「告白の成功率を上げるアイテムだよ」

「それって、相手を自分に惚れさせるってこと？」

「そんな効果はない。人の気持ちそれ自体を変えてしまう道具は発売禁止だから。詐欺とか、悪いことに使われる可能性もあるからね。この道具は相手の気持ちを自分に向けることこそできないけれど、相手が真剣に自分の気持ちに向き合ってくれる効果がある」

楓馬がわたしの手のひらに弓矢を置き、手を包み込んで握らせた。弓矢は塩ビかなんかでできているのか、ぷにぷにとしたやわらかい感触がした。本当におもちゃみたいだ。

「これを持って告白するんだ。それだけで告白の成就率が上がるって、未来では大人気だよ」

「なんかすごいね、未来って」

「人間が想像することは実現できる、って言うだろ？　この時代に誰かがあったらいいなと思ったものは、百年後にはだいたいできてる」

そう言って楓馬がくすっと笑った。わたしを元気づけるような笑みに、しおれていた心が活力を取り戻していく。

「ありがとう、楓馬。これで、樹里ちゃんの恋を名実ともに応援できる」

「あとはその樹里ちゃんしだいだね」

わたしはこくっとうなずいて、手のひらの上の弓矢を見つめた。数センチのハートの弓矢は、まさしくキューピットが構えるそれのミニチュアだった。


翌日のお昼ご飯の後、わたしは個室の洗面所で身支度を整えていた。といってもパジャマ姿だし、コスメも持ってきていないので、できることはほとんどない。でもいつもより入念に化粧水をつけて、髪の毛をしっかりとかした。鏡の中のわたしはかたい表情をしていたので、リラックスしようとほっぺたを揉むと、ちょっとだけやわらかい顔になった気がした。

「よし」

独り言を言って病室を後にする。手にはもちろん、楓馬がくれた弓矢を持って。

樹里ちゃんの個室はいつもお医者さんや看護婦さん、樹里ちゃんの親が行きかっているので、人がいないタイミングを見計らって中に入る。命の危機がある樹里ちゃんのために、部屋の中にはものものしい機械がたくさん設置されていた。

樹里ちゃんの容態は相変わらずよくなかった。鼻には管が刺さったままで、個室に入ってきたわたしを見てもちらりと視線をやって、力ない笑いを浮かべるだけだ。昨日よりも生きる活力が失われてしまっているのを感じて、手のひらの中の弓矢を握り直した。

今のうちに、できることをしなきゃいけない。

「あたしね、気管切開するかもしれないんだって」

樹里ちゃんがどこか他人事のような口調で言った。

「そしたら、しゃべれなくなる。だから今日、陽彩ちゃんが来てくれてよかった。最期に少しでも、話したかったから」

「樹里ちゃん、これあげる」

弓矢を目の前に掲げると、樹里ちゃんは不思議そうな顔をした。

「これ、おまじないグッズなんだけど。告白を成功させるお守り」

「告白……？」

「そう。これを持って気持ちを伝えると、成功しやすくなる」

きょとんとしている樹里ちゃんに、力強く言った。

「樹里ちゃん、気持ち伝えなよ。もうすぐしゃべれなくなるなら、なおさらだよ」

「前も言ったけど」

喉の筋肉が弱っているんだろう、樹里ちゃんの発音がなんとなくたどたどしい。悲しそうな目を天井に向ける。

「もうすぐ死ぬ人間からの告白なんて、重いって。あたしは、澄夜には幸せになってほしいの。あたしのことなんて早く忘れて、他の女の子と恋をして、幸せになってほしい。だからあたしの気持ちは、澄夜の足枷《あしかせ》になる」

「足枷になんて、なるわけない」

樹里ちゃんがはっとした顔をして、そこで自分の声が思いのほか強くなっていたことに気づいた。昂《たかぶ》る気持ちを抑え、樹里ちゃんの心に届く言葉を探す。

「誰かに好きって言ってもらえるのは、自分の存在を丸ごと、無条件で肯定してもらえることなんじゃないかな。たとえその人の気持ちに応えられなくたって、すごくうれしいと思うの。だから樹里ちゃんが澄夜くんに気持ちを伝えれば、それは澄夜くんにとって少なくとも自信になる。あなたのことが好きです、って言葉は、この世でいちばん素敵なプレゼントだって、わたしは思う」

わたしは、楓馬に好きって言われてうれしかったから。

別にかわいくなんてない、これといったとりえなんてない、そんなわたしを認めて、存在を全肯定してくれたその言葉に、胸がいっぱいになった。

樹里ちゃんがもし澄夜くんに最期に何かしてあげたいと思うのなら、気持ちを伝えることがいちばんなんじゃないのか。

樹里ちゃんはちょっと目を潤ませて、その目を伏せた。

「ありがとう、陽彩ちゃん」

泣き笑いの表情で、そろそろと手を差し出し、弓矢を受け取る。樹里ちゃんの手が思いのほか小さくなっていた。指が痩せて、冬の枯れ枝みたいだった。

無事、樹里ちゃんに弓矢を渡せたことを報告すると、楓馬は目を細めて喜んでくれた。

「あとはその、樹里ちゃんって子しだいだね。話聞いた感じ、まず間違いなくうまくいくと思うけど」

「うん！　楓馬、本当にありがとう」

「僕は背中を押しただけさ」

話を聞いていたパオが不機嫌そうに口を尖らせる。

「ワタシはその樹里ちゃんの気持ちもわかるけどね。もうすぐ死ぬ人間から好きだと言われたところで、なんになるのやら」

「パオ、人間はそう簡単に割り切れないんだよ」

噛んで含めるように言うと、パオはふーんと、ちっともわからない顔をした。ロボットなんだからきっと感情なんてないし、いくら説明したって伝わらないだろう。

「じゃ、いよいよこれの出番かな」

楓馬が腰のベルトからぱっと傘を取り出した。表面がてかてかした、オーロラ色のきれいなビニール傘だ。

「何？　これ？」

「透明シールドの技術を応用したものでね。この傘に入っている人は、周りから見えなくなる」

「何に使うの？」

「樹里ちゃんがどう告白するか、陽彩ちゃんは気にならないの？」

いたずらっぽい楓馬の目に、何をしようとしているのか察した。すかさずパオが言う。

「のぞき見するって言うのかい？　まったく、ニンゲンは趣味が悪い」

今回ばかりはパオに同意だ。でも、楓馬の提案を即却下できない。

わたしも、ちょっと気になっている。樹里ちゃんの告白が成功するかどうか。

「いいのかな……？　こんなことして」

「弓矢をプレゼントしたんだし、これくらいしてもバチは当たらないんじゃない？」

「そんな、恩を着せるみたいな言い方……」

言いかけて、その先を呑み込む。

樹里ちゃんと澄夜くんのこと、めちゃくちゃ気になる。正直、野次馬根性を抑えられない。

「明日の夜、樹里ちゃんの病室に澄夜くんが来るんだって」

パオが責めるような目でわたしと楓馬を見ている。やっぱり、良くないっちゃ良くないことだよね。樹里ちゃんに黙ってのぞき見するわけだし。

でも、好奇心を抑えられない。

「よし、チャンスだね」

楓馬が白い歯を見せて笑った。

次の日の夜、夕ご飯の後にわたしと楓馬、そしてパオは樹里ちゃんの病室に向かった。廊下で傘を差し、澄夜くんの到着を待つ。傘の効果はばつぐんで、通りがかる池澤さんはわたしにまったく気づいていなかった。おそろしく美形の、コスプレ会場で着るようなきらきらの銀色スーツを着た男の子と一緒なのに。

二十分くらいして、澄夜くんが来た。表情はあまり明るくない。

「来たよ」

楓馬の服の袖を引っぱりながら小声で言う。この傘は他人から見えないようにする効果はあるけれど、声までは消してくれない。楓馬が小さくうなずいた。

澄夜くんの後ろから、するっと二人とロボット一体で傘を差したまま病室に入る。

樹里ちゃんがドアの開閉音に気づいて、だるそうにこちらに顔を向ける。

その顔からすっかり生気が失われていて、樹里ちゃんの命がもうあと残り少ないのだと改めて実感して、胸が詰まる。

「何？　話って」

澄夜くんはつとめて明るく振る舞うといった感じの軽やかな笑顔で言って、ベッドの隣の椅子に腰掛けた。わたしたちは少し離れたところから見守る。

「あたし、澄夜に、ずっと、言って、なかった、ことが、あるの」

一語一語、振り絞るように言う樹里ちゃん。もう、声を発するのが限界なんだろう。

「何？」

澄夜くんが聞いて、決意を固めるような間の後、樹里ちゃんがにっこり笑って言った。

「あたし、澄夜が、好き」

水を打ったような沈黙が広がる中、樹里ちゃんの身体につながれている機械の音だけが、ぴこぴこと鳴っていた。

澄夜くんが大きく目を見開いて、次の瞬間その瞳が盛り上がる。乱暴にごしごし目を拭って、澄夜くんが言った。

「なんで、そんなこと言うんだよ。なんで、そんな、これから死ぬみたいに……」

「澄夜」

「やだよ！　もう死ぬみたいな、覚悟決まったような顔でそんなこと言うな！　俺の気持ちも考えろよ!!」

ほとんど叫ぶような声で言う澄夜くんを見て、樹里ちゃんはぽかんとしている。澄夜くんはなおも目元を拭いながら言った。指の隙間からぽろぽろ、大粒の涙がこぼれた。

「俺だって、樹里が好きだよ。好きで好きで好きで、しょうがないよ」

「澄夜……」

「だから、死ぬな。これからもずっと、俺の隣にいてくれ。俺の隣で笑っててくれ」

樹里ちゃんの想いが通じたうれしさに口元を緩ませる。樹里ちゃんの目元にも涙が浮かぶ。

「ごめん。それは、できない」

「そんな……」

「わかる。もう、無理だって。小さい、頃から、ずっと、病気と、闘って、きたから」

骨と皮だけになってしまった青い白い腕を、樹里ちゃんが澄夜くんに伸ばす。澄夜くんは血管が痛々しく浮かんだ樹里ちゃんの手を両手で握った。

「だから、あたしは、澄夜の、幸せを、祈ってる」

「樹里……」

「澄夜の、おかげで、あたしは、幸せ、だった、から」

見ているだけのわたしの目にも涙が浮かぶ。

二人とも、まだ中学生だ。愛する人の死に慣れていないどころか、身近な人を亡くす経験も足りない。

この世でいちばん好きな人と永遠に会えなくなる苦しみを、受け止められるだろうか。

わたしだって、受け止められずに絶望していたのに。

「一年の、体育祭、覚えて、る？」

澄夜くんがきょとんとする。

「ああ、覚えてるけど。それがどうした？」

「あたし、その時、から、澄夜が好き」

その時のことを思い出したのか、懐かしそうな表情になる樹里ちゃん。

「騎馬戦で、馬が崩れて、それでも、とった、ハチマキ、離さなかった、澄夜。かっこいい、なって、思った」

「なんだよそれ。騎馬崩れるなんて、めっちゃカッコ悪いじゃん」

「あたしには、とても、カッコよく、見えた」

樹里ちゃんがにっこり笑い、それに応えるように、ようやく澄夜くんも笑った。

「俺が樹里を好きになったのはな――」

二人はだいぶ長いこと、何十年も前から恋人同士の二人みたいに、親密に話し込んでいた。キスのひとつもなかったけれど、この世でいちばん素敵なラブシーンに見えた。

想いを伝えた樹里ちゃんの中で、命の火はだいぶ弱くなったけど、ちゃんと燃えていた。

第九章　ほんとうの未来

澄夜くんに想いを伝えた一週間後、樹里ちゃんは静かに息を引き取った。

最後の五日間は気管切開をしたせいでしゃべれず、栄養も点滴だけだった。しゃべれない状態の樹里ちゃんの元に澄夜くんは毎日通い、二人は視線だけで気持ちを通い合わせた。

樹里ちゃんが亡くなってから何をしても、心がついていかない。ご飯を食べても味がしないし、本を読んでも内容が頭に入ってこないし、テレビは遠い世界の出来事を延々と報じ続けるだけで、ちっとも興味を惹かれない。樹里ちゃんがいなくなった世界は、色を失ったようだった。

「いつまでもそんな顔してると、樹里ちゃん喜ばないわよ」

日課の血圧と体温を測る時、池澤さんに言われた。日々、たくさんの人の生死に向き合わなければならない立場の人は、こんな時でもしゃんとしている。

「ひーちゃんが今樹里ちゃんにできるのは、一日一日をせいいっぱい、やりきることなの。全力で生きることなの。そんな、抜け殻みたいに毎日のんべんだらりと過ごしてたら、生きたくても生きられなかった樹里ちゃんに申し訳ないって思わない？」

池澤さんの言葉に曖昧にうなずいた。

池澤さんが善意で、わたしを励まそうとしてくれているのはわかる。池澤さんの言葉が正しいのもわかる。でも、素直にはい、と言えないのは、まだ樹里ちゃんがいなくなったことを受け入れられないから。

もっと樹里ちゃんとたくさん話したかった、できれば一緒に退院して、外で二人で遊んだりしたかった。ほんの一ヵ月くらいの友だちだったけど、わたしにとっては大事な子だった。

わたしが樹里ちゃんのためにできることは、悲しみに浸ることなんじゃないかとやっぱり思ってしまう。

「相変わらず、ぜんぜん笑ってくれないね」

樹里ちゃんが死んだ日、わたしは楓馬の前で身体じゅうの水分がぜんぶ出ていってしまうんじゃないか、という勢いで泣いた。その日から毎晩、楓馬はわたしをデロリヤンでドライブに連れていってくれる。デロリヤンは時空を越えられるから、フランスもアメリカも中国も、どこにでも行けた。でも凱旋門《がいせんもん》もワールドトレードセンターも万里の長城も、心の端にひっかかりもしない。

「ごめん、つい、樹里ちゃんのこと考えちゃって」

「いいよ、無理しなくて」

今日はわたしたちは、沖縄の離島に来ていた。宇宙のように真っ黒い海がゆらゆらしていて、砂浜には心地よい風が吹いていた。空にはプラネタリウムで見るみたいな、満点の星空が広がっている。天の川の光までよく見えた。

「わたし、結局樹里ちゃんに何ができたのかなって思っちゃうんだ。最期に気持ちを伝えることで、樹里ちゃんはひょっとしたらもっと、未練を残しちゃったんじゃないかとか」

もうすぐ死ぬ人間からの告白なんて重い、と言った樹里ちゃん。

たしかに気持ちを伝え合ったことで二人は最期に濃厚な時間を過ごすことができたけれど、そのことで二人により背負わせることになっちゃったんじゃないだろうか。樹里ちゃんは澄夜くんのことが最期まで気がかりだっただろうし、澄夜くんにしても悲しみはいっそう濃くなったかもしれない。

「幸せだったのかな、樹里ちゃん」

ぽつんと言うと、パオがぱたぱたぱたぱた、と羽をはためかせながら言った。

「ニンゲンはほんと、くだらないことばっかり気にするなあ。幸せ、そんなものが何になるんだい？　幸せになると、お金が増えるのか？　何かがもらえるのか？　ニンゲンはすぐ、愛だの幸せだの、形のないわけのわからないものに振り回される」

「パオ、ちょっと黙ってて」

楓馬がいつになく険しい声で言って、パオがそっぽを向いた。

「よく、言わない？　死は遺された人のものだって」

「言うけど……」

「それ、ほんとだと思うんだ。もう陽彩ちゃんは樹里ちゃんに何もしてあげられない。だから陽彩ちゃんの気持ちと向き合うこと、自分の悲しみとうまく付き合うことが、今は大事なんじゃないかな」

楓馬がそっとわたしの手に自分の冷たい手のひらを重ねる。ざざざ、と遠くで波がくだけている。

「僕は、陽彩ちゃんの心が元気になれるように、なんでもするよ」

「ありがとう、楓馬。楓馬がいてくれて、本当によかった」

こんなこと、ひとりじゃとても抱えきれなかったから。

くだける波の音を聞きながら、夜風に吹かれながら、二人ぴったりと寄り添っていた。空の星が小さく瞬き、ひとつ揺れて、海に沈んだ。流れ星だと思ったけれど、お願いをする気にはなれなくて、星が消えていったあたりを見つめながら樹里ちゃんが天国でやすらかにしていますように、と口の中でつぶやいた。

じめじめと鬱陶しい梅雨が終わって夏がやってきた。

体調の良い日は、病院の庭をぶらぶら散歩する。健康だった時には辟易したほどの夏本番の暑さが、今は生きている証拠みたいに感じられて愛しい。ケヤキの木々に挟まれた小道を歩いていると、頭上からジーと蝉の声が降ってくる。

海のように深い悲しみとどうやって、これから付き合っていったらいいのか、まだわからない。

「陽彩さん」

聞き覚えのある声にびっくりして振り向くと、澄夜くんがいた。夏の日差しが真っ黒い髪をところどころ、茶色く染めている。

「病室にいないから、ここにいるかもと思って。会えてよかった」

「澄夜くん……」

目の前の相手にかけるべき言葉を必死に探す。樹里ちゃんとたった一ヵ月ほど友だちだっただけのわたしがこんなに悲しんでいるんだ、澄夜くんの落ち込みは途方もないだろう。

「大変、だったね」

ようやく見つかった言葉は、自分でもあきれるほど無難だった。澄夜くんが口元だけで笑う。

「家族じゃないから俺は樹里の最期は看取れなかったけれど、でもお別れは言えました。樹里に会えてよかった、って伝えられた」

その時のことを思い出したのか、澄夜くんの目が悲しそうに揺れる。

「樹里はもうしゃべれなくて自分の意思を目で伝えるしかなかったんだけれど、わかった、って小さくうなずいてくれましたよ……あとこれ、陽彩さんに」

澄夜くんが取り出したのは、わたしが樹里ちゃんにあげた弓矢だった。

「気管切開する前、これを樹里から託されたんです。あたしが死んだら、陽彩ちゃんにって」

「え……」

「陽彩ちゃんのおかげで、澄夜と両想いになれたからって」

思わずぶんぶん、首を振っていた。

わたしは何もしていないし、何もできていない。樹里ちゃんが恋をつかんだのは、樹里ちゃん自身の力だ。

でも、うれしかった。そんなふうに思ってくれたことが。この弓矢を、わたしに遺してくれたことが。

「ありがとう……大切にするね」

そう言うと、澄夜くんはまぶしそうに目を細めた。

ジー、と蝉たちの声が重なっていた。

お父さんは樹里ちゃんの死を、池澤さんから知ったらしい。

大事な友だちが死んでつらいだろうけれどあまり気を落とさないようにね、という感じのことを何度も言われた。まだ生きる希望を失っちゃいけないよ、とも。余命宣告された娘のメンタルに、友だちの死がどう影響しているのか、心配でしょうがないんだろう。

「お父さんの知り合いのお医者さんで、陽彩の手術を引き受けてくれる人を見つけたよ」

その日、お父さんはいつになく晴れやかな顔で言った。お父さんは前々からわたしを助けてくれるお医者さんを探そうと走り回っていたけれど、本当にそんなことができる人が現れてしまうなんて思ってなくて、びっくりした。

「早いほうがいいって言ってた。来週にでもここを出て、アメリカへ行こう」

「アメリカ……？」

「そのお医者さんは、アメリカにいるんだ。心臓外科が専門で難しい手術をたくさん手掛けている、信頼できる人だよ」

あの夜倒れて以来、ずっと曇っていたお父さんの顔が今はすっきりしていた。力強くわたしの肩に手をのせ、言う。

「陽彩はこれで助かるんだ。あきらめなくてよかったな」

「待って。主治医の先生にはそのこと話したの？　というか、本当に助かるの？」

「明日話をするよ。陽彩も手術なんて不安だろうけれど、心配しなくて大丈夫だ。あの有名漫画に出てくるような、すごい先生だからね。もちろん免許は持ってる」

ジョークのつもりなのかそう言って笑うお父さん。わたしが入院してから、はじめてこんな冗談を言ったような気がする。

楓馬はわたしの運命を変えに来た、と言った。

もしかして、これは運命が変わったんだろうか……？

「退院したら、何をしようか。どこへ行きたい？　何を食べたい？　ずっと病院食ばっかりだから、食べたいものがたくさんあるだろう」

きらきらした目でこれからのことを話すお父さんを、わたしはちょっと戸惑いながら見つめていた。


「陽彩さんの病状で、手術はおすすめできません」

白い壁と机、パソコンに椅子。無機質なほど無駄のない簡素な部屋で、主治医はわたしとお父さんに重々しい口調で告げた。

「陽彩さんの心臓は地雷を抱えています。あと一ヵ月持つかどうかも、正直怪しいくらいなんです。アメリカで手術となると渡航にもリスクが伴いますし、それに」

言いたくないことを言う時の人間の顔だった。マスクの上の目が暗い。

「正直、その術式はまだ結果が出ているものでもありませんし、担当医の立場からして言わせていただくと、ほとんどギャンブルに近いものです。陽彩さんの体力も落ちていますし、手術をすることで陽彩さんの寿命をさらに縮めかねない」

「そんな……!!」

望みが断たれたお父さんが真っ青になり、拳をわななかせる。見ていられなくて目を逸らした。

「本当に、手術はできないんですか？　万にひとつ奇跡が起こって、陽彩の命が助かるとか」

「奇跡なんてそんな不確かなものに、頼るおつもりですか」

お父さんがぐっと言葉に詰まる。研究がうまくいかない時や発明品の権利を他の人に奪われた時の表情だった。

「南部さんも、身体が弱った陽彩さんをこれ以上苦しめたくはないと思います。術後にうまく回復せずそのまま……ということもありえます」

「……私は陽彩のために、何もできないんですか」

今にも泣きそうな声だった。

「親として、娘に一秒でも長く生きていてほしいと思うのは当たり前でしょう。私は陽彩に生きてほしいんです。大人になって仕事をして、花嫁姿を見せてくれて、いつか孫に会える。そこまで多くは望みません。ただ、陽彩との楽しい時間が、あと少し欲しいだけなんです」

「――私にも、娘がいます」

感情を見せてはいけないはずのお医者さんが、人間らしい口調になった。

「南部さんのお気持ちは痛いほどわかります。私も娘が同じ立場になったら、まったく同じ行動を取ってしまうでしょう。でも、今は父親ではなく、担当医師の立場として南部さんと、陽彩さんと向き合わなければいけません。担当医として言います。陽彩さんをどうかこれ以上、苦しませないでください」

お父さんががっくりと肩を落として、伝染した悲しみがぽんこつの心臓にじわじわと広がっていく。

廊下で看護師らしき人の話し声がした。張りつめたところのない日常会話は、今のわたしには決して手に入らないものだ。

憔悴《しょうすい》しきったお父さんが帰った後、ひとりきりの個室でベッドに横になり、ずっと天井の一点を見つめていた。

楓馬の言うように、わたしの運命は変わったと思ったけれど、違ったんだろうか。お医者さんの話で言うと、手術はできないことになる。だったらわたしはあと三ヵ月……いや、あと一ヵ月と少しで死んでしまうのだ。楓馬の言うようには、運命は変わらない。

そもそもわたしは楓馬から何も聞いていない。どうやって運命を変えるのかも、運命が変わるってどういうことなのかも。ただ、恋人同士として話を聞いてもらったり、夜ごとデロリヤンで一緒にドライブしたり、そんな穏やかな時間を過ごしてた。

いったい、今まで何を呑気にしていたんだろう。

そんなことを考えた時、ノックの音がした。

「どうしたの？　今日の陽彩ちゃん、顔色が悪いよ」

軽い口調にいらいらする。顔色が悪いなんて、病人なんだから当たり前じゃないか。

抵抗のように押し黙るわたしの前に、楓馬が花を差し出してくる。クリスタルで作ったみたいな、光を受けていろんな色に光る、きれいな花だった。

「これ、未来で開発された花なんだ。きれいでしょ？　これを恋人に贈るのが流行っててね。僕も陽彩ちゃんにあげたいと思って」

「いらない」

冷たい口調に楓馬がはっと目を見開き、押し黙る。その反応に胸が痛くないわけじゃなかったけど、わたしの言葉は止まらない。

「いらない、そんな花。ていうか、毎日のように病室に来て、病人連れ回して、なんのつもり？　楓馬はわたしを助けてくれるんじゃなかったの？　わたしの運命を変えるって、嘘だったの？」

「嘘ついたわけじゃ――」

「じゃあ教えてよ！　どうやったら運命が変わるのか！　どうやったらわたしは死なないのか！　わたしが死んだら、わたしの命は、わたしだけのものじゃないんだよ!!」

わたしが死んだら、お父さんが悲しむ。わたしを愛し、育てて、いつもそばにいてくれた大好きなお父さんが。

わたしが死に抗うのは、天国でお父さんの泣き顔を、どうにもしてあげられないって思いながら見つめていたくはないから、なのに。

楓馬は長い睫毛に彩られた目を伏せると、ぽつりと言葉を吐いた。

「ごめん、教えられないんだ」

「教えられないってどういうことよ!?　まさかまた守秘義務!?　恋人同士なのに!?　彼女がこんなに頼んでるのに!?　そもそも楓馬、わたしのために未来から来てくれたんだよね!?　それなのになんにも教えられないとか、意味わからない」

「ごめん」

それしか言えることはないのだというように発せられる言葉が、さらに神経を逆撫でする。楓馬は叱られた子どもみたいな顔でもう一度言った。

「本当に、ごめん」

「何よ。何よそれ、意味わかんない！！」

わたしはベッドにもぐり、布団を頭からかぶった。

「今日はもう帰って！　楓馬とこれ以上話していたくないから‼」

楓馬は何も言ってくれない。悲しいのは、怒りがピークに達したからか。それとも、「恋人」のはずの楓馬がわたしに寄り添ってくれないからか。

死を目前にした女の子の最期の恋の話って、こんなに残酷だったっけ。

はあ、はあと苦しそうな息遣いがする。だんだん呼吸と呼吸の感覚が短くなっていって、わたしはさっと布団をはねのけた。

「楓馬？」

楓馬は床に膝をついて、胸を抑えていた。白い肌に脂汗が浮かんでいる。目には力がなく、どこも見ていない。

「どうしたの？　どうしたの楓馬、どこか痛いの⁉」

「陽彩、ちゃん……」

「ちょっと待って楓馬、今ナースコール押すから」

「余計なことをするなニンゲンめ」

どこにいたのか、パオがぴょこんと飛び出してきた。そして楓馬の半開きの口をこじ開け、中に入っていく。

まもなく、楓馬の銀色のスーツが真ん中からべろりと裂けた。その下の皮膚がぱかっと捲り上がり、機械の部品みたいなものが出てくる。銀色の鈍く光る管や大小のネジが、ぎしん、ばしん、ぶしゃー、と音を立てながら配置を変えていく。機械の修理工場を見ているような光景だった。

わたしは何を見ているの？

ぽかんとしているとやがて作業が終わったのか、楓馬の身体と服は元通りになった。パオが口の中から出てきて、誇らしそうに胸を張る。

「よし、これで大丈夫だ」

「えと？　何？　どういうこと……なの？」

「それは本人の口から聞くんだ」

パオの口調はいつもどおり冷たかった。

楓馬が意識を取り戻した後、パオは軽い身体検査みたいなことをやっていた。具合は悪くないかとか、ナントカの調子はどうかとか聞いている。目の前の楓馬が急に知らない人になってしまったみたいで、わたしは声をかけられない。

「ごめん、カッコ悪いところ見せちゃったね」

苦笑いする楓馬の顔がいつもどおりで、少しだけ心がほぐれた。

「ねえ楓馬、いったいどういうことなの？　今のって、夢？　幻？　それとも、楓馬ってロボットだったの？　パオみたいな」

「僕はロボットじゃないよ」

きっぱりと言った後、楓馬は苦しそうな声になった。

「僕は、機械の身体でできている」

「機械の、身体……？」

「あんたらの言葉で言うと、サイボーグがぴったりじゃないか」

パオがロボットらしく、ドライに言った。

＊

眠っている間は、身体が死に近づいていく。

僕は夢を見たことがない。夢を見るという脳の機能は、この時代の人間からはおおかた失われてしまっている。効率性と合理性を極限まで突き詰めた時代は、人から夢の中で遊ぶ自由を奪ったのだ。

「楓馬、いつまで寝てるんだ。もう九時だぞ」

朝はパオに起こされる。僕の部屋には無駄なものがない。机と椅子とベッドとパソコン、それぐらい。カーテンは窓と一体型の透明シールドだし、本を読んで知識を吸収する文化はとうに失われているから本棚もない。タブレットひとつですべてが事足りる未来世界は、百年前の人間たちの生活から彩りをこそげ落としたようなものだ。

　窓の外にはたくさんの人が見える。デロリヤンに乗って仕事に行く人、道すがらおしゃべりしている人。でもほとんど、ロボットだ。人間とほとんど見た目も性能も変わらないロボットが生み出されたせいで、この世界はロボットの世界になってしまった。僕のような人間たちは機械の身体で生かされ、ロボットたちに世界から追いやられてしまった。

「楓馬、明日から二〇××年に出張だぞ。忘れてないか？」

「忘れてないよ、あんな大事なこと。僕の最後の任務だしね」

「最後だからなんだ。いつもどおりやるだけだろ」

　ロボットは感情がないからこそ、たまにいいことを言ったりもする。

　透明シールドの濃度を調節すると、部屋にちょうどいい具合で陽光が注ぎ込んでくる。夏のはじめの白い光はまぶしいのに、空は雲ではない別の何か、暗い膜みたいなものに覆われているように見えた。

第十章　星がこぼれて未来へ落ちる

「ワタシと楓馬の時代から百年前、ちょうどこの時代だな。ソウゾウするＡＩが生まれた」

楓馬に代わって淡々と話し始めるパオ。楓馬は椅子に腰掛け、目を伏せている。まだ少し顔色が悪く、肌が病人の色をしている。

「想像？」

「違う、物を作り出すほうの創造だ。それまでのＡＩは、たとえばあらかじめプログラムされた情報に基づいて会話をするとか、与えられた知識や情報を元に動いていた」

「ていうか、ＡＩってそういうものじゃないの？」

「黙って聞け」

パオに突っぱねられ、わたしは押し黙る。楓馬はパオの独白を重々しい目で聞いている。

「ワタシと楓馬の時代から百年前、とある科学者が創造するＡＩを生み出した。ゼロからものを作り出す能力を持ったＡＩだ。画期的な発明だ。この技術によりＡＩの手でＡＩが作り出せるようになったし、科学技術は飛躍的な発展を遂げた」

「何それ、すごい」

「いいことばかりではないぞ」

パオが目を吊り上げてわたしを見る。パオの目の形は丸っこいから、そんな表情をされてもあまり怖くはない。

「ＡＩたちによって、ニンゲンの仕事が奪われた。真っ先になくなったのは映画や音楽、小説など、人間が創造して生み出したものだ。ＡＩの発展により、ＡＩが作ったものはニンゲンが生み出したものよりいいという評価のせいで、芸術家たちは苦しみ、次々と活躍していたステージから去っていった。さらに、それまでニンゲンたちがやっていた宅配便の配達員だの、スーパーマーケットやレストランの店員だの、そんなものもすべてＡＩに取って代わられた。最初は人手不足を解消できるとニンゲンたちは喜んでいたが、やがてもっとひどいことが起こった」

そこでパオはしばらく言葉を切った。おそるおそる、何？と促すと、ようやく口を開く。

「ＡＩたちが生み出した、食品などによく使われる新しい化学物質が、よくなかったんだ。それは、ニンゲンたちの生殖機能をなくす副作用があった」

「え、それって……子どもが生まれなくなるってこと？」

「そうだ。だから未来に、人間は世界でたった二万人しかない」

思わず、口がぽっかりと開いてしまった。

たしか今の世界の人口は、八十億人とかだったはず。

それがたった百年で、二万人まで減少してしまうなんて。

SF映画でしか描かれないようなディストピアが現実になってしまった衝撃に、肩が小さく震えた。

「え、でも、ちょっと待って？　それじゃあ楓馬はどうやって生まれたの？　生殖能力がないんじゃ、普通に結婚しても子どもは生まれないんじゃ……」

「僕はクローンなんだ」

サイボーグ以上に、衝撃的な言葉だった。

クローンを使った研究はこの時代にもあるし、人間じゃないけど、動物のクローンは既に世界じゅうで誕生している。亡くなったペットのクローンを作る技術もあるくらいだ。

でも、今目の前にいる楓馬が、まさかそうだったなんて。

「僕には両親がいない。研究所で生まれ、ロボットたちの手で育てられた。未来ではそうやって、AIが人間を作ってる。人間を絶滅させない、ただそれだけのために。でもそれすらも、もう限界なんだ。まもなく人類は絶滅する」

「そんな……」

「それに未来の人間の寿命は、十六なんだ」

思わず楓馬の瞳をのぞき込むと、楓馬は苦い笑みを顔に貼りつけていた。

どうしてそんな顔で笑うの。そんな、何もかも悟ってしまったみたいな顔しないで。

楓馬、自分がどんなに残酷なことを言ってるかわかってるの……？

「機械で生かされているけれど、僕ももうすぐ、寿命が来る。陽彩ちゃんのところに来たのは、僕の最後の使命を果たすためなんだ」

「最後の、使命……」

「ここまで話して、ひょっとしたら勘づいたかもしれないけれど」

次の言葉を言うべきかどうか、迷うような間があった。楓馬の目が苦しそうに歪んでいた。

「創造するＡＩ——未来の人間たちの絶滅の原因になる——それを作ったのは、陽彩ちゃんのお父さんの、南部陽一さんなんだ」

どんな顔をすればいいんだろう。

何を言えばいいんだろう。

わからなくて、ただ口元を覆った。

お父さんはとても優しくて、研究熱心で、だからいつかわたしもお父さんの後を継ぎたい、立派な科学者になってお父さんを安心させたい、そう思っていた。

でもお父さんの研究は人類の未来を作るどころか、人類の未来を破滅させてしまうものだった。

「僕は陽彩ちゃんと一緒に、南部陽一さんの研究を壊さなくちゃいけない」

た。

「壊すんだ、跡形もなく。未来に、何も残らないように」

完全に言葉に詰まってしまったわたしに、楓馬が床につきそうなほど深く頭を下げた。

「お願いだ、陽彩ちゃん。僕の望みを聞いてほしい。世界を救えるのは、陽彩ちゃんだけなんだよ──」

楓馬の声は痛々しく震えていて、そんな姿は見ていられなかったけど、わたしの喉も震えていた。

顔を上げて、と言えるまでに、だいぶ時間がかかってしまった。

楓馬とパオが帰ったその日の夜も、次の日も、ほとんど眠れず未来のことばかり考えていた。

楓馬がやってきた未来は、映画に出てくるように魅力的で、キラキラしたものじゃなかった。人間がいなくなってしまうなんて、いくら科学技術が発達したとしても悲劇でしかない。

しかもその原因を作ってしまったのがわたしのお父さんだなんて、簡単に受け入れられるようなことじゃない。

「壊す……？」

夕飯の時間が終わって、お父さんがやってきた。今はあまりお父さんの顔を見る気分にはなれないけれど、せっかく来てくれたのに追い返すわけにもいかないので、仕方なくベッドから半身を起こす。この二ヵ月でずいぶんやつれてしまったお父さんは、目だけやたらとぎらぎらしていた。

「お医者さんはああ言っているけれど、お父さんはまだあきらめていないからな。だから陽彩も、希望を持って。絶対、後ろ向きになっちゃ駄目だぞ」

　言葉は力強いのに、声にはどこか暗さがある。

「うん……ありがとう」

　それだけ言うと、お父さんはふっと頬の力を緩めた。口の横の皺、こんなに深かったっけ。わたしのせいで、ずいぶん老け込んでしまっている。

　そのことを申し訳なく思いつつも、お父さんに本能的な恐怖心を覚えた。なんとしてもでも助けたい、あきらめない。その気持ちはわかるけれど、それに執着してしまっているというか、そんな感じがした。血走った目は、わたししか見えていない。

　この状態のお父さんなら、たしかにとんでもないことをしてしまうんじゃないか――そんなふうにさえ、思えた。自分のお父さんなのに楓馬の話を聞いたせいで、どこか怖く感じられてしまう。

「ねえ。どんな科学技術にも、リスクってあるよね？　たとえば医療技術だって、本来人を救うために使うものなのに、悪い人が人殺しに使うとか、そういうことだってあるかもしれない。お父さんの研究は、大丈夫なの？」

お父さんは軽く目を広げて、それからうれしそうな顔をした。発明や研究について語る時のお父さんの顔だ。

「すごいことに気づいたね、陽彩。そうなんだ、科学者には高い倫理観が求められる。歴史の中では、技術の発展、発明によって、失われたものがたくさんある。たとえばだけど、戦争の時にはいろいろな兵器が開発されて、たくさんの人の命が失われてしまった。だから、お父さんのように科学者になるっていうのは、ちゃんと考えて研究開発するってことなんだ。人はみんな、先のことを考えるのが苦手なんだよね。えらい人も目先のことだけ考えて、失敗するなんていうことはたくさんある。だからこそ、強い責任感を持って、未来を見据えて、この研究が本当にいろんな人たちを幸せにできるのか、考えてやらないといけないんだよ」

お父さんの言葉を、わたしは小さくうなずきながら聞いていた。

今の時代には百年前にはなかったものがたくさんある。

パソコンもスマホも百年前には影も形もないし、それどころかテレビや冷蔵庫すらなかった。

技術の発展は暮らしの在り方を大きく変えてしまう。それによって、問題だっておおのずと出てくる。

お父さんは続ける。

「お父さんの今の研究は……そうだね、悪用する人が出てきたらかなり危険だ。でもだからこそ、ちゃんと制限はつけるつもりだよ」

「それで、本当に大丈夫なの？」

危険だってわかっているなら、そもそも開発すべきものではないんじゃないか。

楓馬は「お父さんの研究を壊す」と言った。でもできればそんな、乱暴なことはしたくない。わたしの言葉によってお父さんが研究をやめる気になってくれたら、平和的に問題は解決する。

もちろん未来がどうなるかなんて知らないお父さんはわたしの内心を知るはずもなく、穏やかに続ける。

「陽彩の言うこともわかる。でも、何事にもリスクはつきものなんだ。科学者になるというのは、リスクを承知の上で新しいことをやろうとする、勇気も必要なんだよ。あ、倫理観というより、人生哲学みたいになっちゃったかな」

ちょっと照れ臭そうに頭をかくお父さん。なんて言ったらいいのかわからなくて、無難な言葉を選んだ。

「ううん、お父さんがちゃんといろいろ考えて仕事してるの、娘としてうれしい。知れてよかった」

「そうかい？　なんか恥ずかしくなっちゃうなあ」

わたしに科学者としての心構えを説けたのがよほどうれしかったんだろう、一瞬で表情が若返っている。

こんなに優しくて、使命感にあふれたいい人が、本当に人類を絶滅に追い込む引き金を引いてしまうなんて、やっぱり信じられないし信じたくない。

何より、自分のお父さんを裏切るのがわたしのやらなきゃいけないことだなんて、ひど過ぎる。

なんで神様はわたしに試練ばかり与えるのかな。

そんなことを思いながら、その日は眠りについた。

数日後の夕方、わたしはラウンジで新聞を読んでいた。

病院のラウンジには、いろいろな読み物がある。患者さんが退屈しないように、新聞も漫画もファッション誌も小説もたくさんあって、みんなが自由に読めるのだ。ふだん読書をしない人でも、入院となると時間が無限にあるし、スマホばかりいじっていても退屈してしまうので、自然と本を読む時間が長くなるらしい。今も、近くのソファでおじいちゃんが時代小説を読んでいる。

新聞の小見出しに、「最先端の細胞培養技術　開発へ向かう」と書いてある。国内の研究所で、人間の細胞を培養して新たに生命を作り出す技術を研究しているらしい。お父さんはIT分野だけど、こちらは医療分野だ。

こういうものも一見喜ばしいことのようだけど、ちょっと間違った使い方をされると、すごく大変なことになってしまうんだろう。楓馬だって研究所で生まれたクローンだっていうし、こういう技術が応用されているのかもしれない。

なんだか複雑な気分になってしまって、途中まで記事を読んだところで新聞を折りたたみ、マガジンラックの中に入れた。近くで談笑しているおばさんとおばあちゃんの間ぐらいの年齢の入院患者さんたちが、明日退院なのだと話している声が、遠い。

夕食の後、消灯待ちの時間。スマホをいじってだらだらと時間をつぶしていると、個室の扉が開いた。あの日から姿を見せなかった楓馬は、今日は表情も明るく、体調が良さそうだ。余命宣告されて絶望していたのに、今では自分のことよりも楓馬の体調のほうが気になってしまう。

「この前はごめんね、陽彩ちゃん、びっくりしたでしょう。一度にいろいろ言い過ぎた」

「ううん……話してくれて、うれしかった。ありがとう」

これ以上、何を言えばいいだろう。

楓馬の寿命は十六歳。この時代では若さの絶頂だけど、楓馬の時代ではよぼよぼの老人なんだ。この前だってあんなことになってしまったんだし、楓馬は自分の仕事を果たしたら死んでしまうのかもしれない。

せっかく恋人同士になれたのに、一緒に過ごせる時間がこんなに少ないなんて、悲し過ぎる。

「ねえ、楓馬」

楓馬の瞳が、優しくわたしの目をのぞき込む。

「何？」

「楓馬と、デートに行きたいな」

今さら、こんなことを言うのも変だなって思う。

特に樹里ちゃんがいなくなってからは、二人でいろんなところに出かけていたし、今さらっていう気もしてしまう。

だからなのか、それだけじゃないのか、恋人同士なら当たり前の提案をするのに、少しだけ声が震えてしまった。

「楓馬はもうすぐ、命が尽きちゃうんでしょ？　そんなの、悲し過ぎる」

「……陽彩ちゃん」

「だからわたし、今のうちに楓馬とたくさん思い出を作りたいの。楓馬との残りの時間を、きらきらさせたいの。百年後からわたしを助けにきてくれたっていう男の子がいたことを、この先の人生でずっと覚えていたいの」

こんなにロマンティックな恋、きっと一生できないから。

そもそも楓馬がいなくなったら、他の人と付き合おうとか、なかなか思えないだろうから。

だから、わたしの中で楓馬を永遠にしたかった。

わたしが生きている以上、わたしの中で楓馬は死なないから。

楓馬が少しだけ目を潤ませて、そしてふにゃっと笑った。

「わかった。デートプラン考えとく」

「ありがとう」

「陽彩ちゃんはどこに行きたい？」

「そうだなあ……今まで行ってなかったところ、ならどこでもいいんだけど。楓馬にお任せっていうのもね」

今までどこへ行くにも、楓馬が完全にエスコートしてくれていた。どこに行くか、何を見るか、そういうことをぜんぶ決めてくれるので、それに甘えていた。

でもなんだか、それじゃいけない気がした。

「どこか行きたいところがあるなら、考えておいて。僕も陽彩ちゃんの行きたいところに行きたいからさ」

楓馬の笑った顔は年齢不相応に大人びていて、その理由がわかってしまった今は、どうしようもない切なさに胸がきゅっと締め付けられた。

斑尾《まだらお》高原は新潟《にいがた》県の妙高《みょうこう》市にある。

冬はスキー、夏はハイキングが楽しい観光地で、今の時期は昼間は絶景を写真に収め、SNSに上げようとする人がたくさんいるみたいだ。

でも梅雨明けの真夜中の斑尾高原は他に人もいなくて、見事にわたしと楓馬の二人きりだった。標高が高いからか、からっと涼しい風が駆け抜けていく。

「すごい星空だね」

ちょっと視線を上げると、天の川みたいなものがぼんやりと広がっている。はくちょう座も夏の大三角形もおとめ座のスピカも、ここからだと東京よりずっときれいに見えた。漆黒の夜に山の稜線《りょうせん》がぼんやりと浮かび上がっていて、夜よりも暗い山は影絵みたい。スマホで一枚だけ撮ると、たくさんの星に彩られた夜空はアメジストを砕いて広げたような、淡い紫に映った。

「陽彩ちゃんって星、好きなの？」

「うん。都会だとなかなか見れないし、理科は好きだけど、本当は化学や物理より、地学のほうが得意だったりする。お父さんは、化学や物理を勉強してほしかったんだろうけど」

「しょうがないよ、化学式とか難しいし。僕もあんまり得意じゃない」

こんな、年相応の他愛もない会話をしていると、楓馬が未来から来たってことを忘れそうになる。楓馬の背中の後ろからパオがぴょんと飛び出して、草の上をごろごろ転がり出した。

「広いところは気持ち良いなあ」

そう言ってごろごろごろごろ、おむすびころりんみたいにどこまでも転がっていくので、わたしも楓馬もぷっと笑ってしまう。

「パオっていつも毒舌だけど、無邪気なところもあるんだね」

「あれでなかなか、かわいいところもあるんだよ」

パオがぴょーん、ぴょーんとスーパーボールのごとく何度もバウンドしている様子を眺めながら、わたしは隣の楓馬に向かって言った。

「ねえ、楓馬」

「うん」

「わたしは、死ぬの？」

楓馬の息が止まった気がした。

その反応がすべてを物語っていたから、わたしは小さく息を吐き、笑顔を楓馬に向ける。

こんな悲しい話をしているのに、不思議と心は凪いだ海みたいに穏やかだ。あれだけ絶望していて、苦しかった気持ちはどこへいってしまったんだろう。

プラネタリウムよりずっと解像度の高い、素晴らしい夜空の下では、わたしの命が消えることぐらい、くだらないことに思えてしまっているんだろうか。

「よく考えたら、楓馬はわたしの運命を変えに来た、って言っただけ。わたしが死ぬ運命を変える、なんてひと言も言っていない」

楓馬のこわばる頬に向かって、そっと手を差し伸べる。

機械に生かされている人間の皮膚は水分が少なくてでろんとしていて、見た目はきれいなのに触ってみると老人の肌みたいだ。

「いいんだ、楓馬。わたし、ちっとも怒ってないの。むしろ、楓馬はわたしに素敵な夢を見せてくれたから。楓馬に会えたから、楓馬と付き合ったから、わたしの最期の日々は本当に幸せなものになったんだよ。未来から来た男の子と恋をした女の子なんて、他にいないよ。それだけでわたし、生きていてよかった、って思える」

「陽彩ちゃん、ごめん」

楓馬がわたしの手を取り、ぎゅっと握る。握り返しながら、ぶんぶん首を振る。

楓馬の気持ちもわかる。そうするしかなかったんだろうな、というのも。いわゆる守秘義務というやつだったんだろうし、最初からすべて本当のことを言われていたら、こんなに楓馬に心を許せなかったと思う。

でも。

「わたしを好きだって言ったのも、嘘?」

言いながら、きゅっと胸がきしんだ。楓馬が目を広げる。

「わたしと付き合うことが、楓馬の職務上必要だったの? いわゆる、ビジネス恋人ってやつだった?」

「――正直、最初はそうだったよ」

苦しそうに楓馬は言って、視線を遠い夜空にやった。星たちの光に照らされた楓馬の横顔が、苦しそうに歪んでいた。

「文献が残ってたんだ、楓馬という名の未来人が、南部陽彩という名の女の子と恋に落ちて、南部陽一の研究を壊した、って。僕はそれを、忠実になぞらなきゃいけなかった」

「……そう」

「でも、ね」

楓馬が再びわたしの目をのぞき込む。その目の中にたしかに宿る想いの光に、とく

ん と胸が揺れた。

「陽彩ちゃんと一緒に過去に行って、自分のお父さんとお母さんを助けようとしている陽彩ちゃんを見たり。もうすぐこの世を去る運命の樹里ちゃんのために、自分ができるだけのことをしようとしている陽彩ちゃんのそばにいたり。そういうことをしていたら、だんだん、気持ちが本物になっていったっていうのかな……好きにならなきゃいけない、って思っていたのに、好きだ、に変わっていった」

その時、楓馬の頭上で光っていた星がひとつぶ空をすうっと流れて、地平線に落ちていった。

願い事なんてする暇はなかったけれど、星が消えていったあたりを見つめて、この時間が永遠に続けばいいのに、というありふれたことを思った。

「もし、わたしがお父さんの研究を壊したら、楓馬は死ななくて済むの？」

「歴史が変わるからね」

「わたしの選択しだいで、楓馬を助けることができるんだね」

「……陽彩ちゃん」

楓馬が何かに耐えられなくなったという顔をして、わたしをぎゅっと抱きしめてきた。背は高いのに華奢でごつごつしていて、少し冷たい。人間なのに、半分以上その機能が損なわれていて、もうすぐ命が尽きてしまう。

楓馬の背中にそっと手を回しながら、脳裏にお父さんの顔がちらついた。
わたしは、愛してくれたお父さんを裏切らなきゃいけない。

第十一章　機械人間の冷たい唇

「それってさ、楓馬くん本当に死なないの？」

すべての事情をわたしが話している間、希織はずっと眉根を寄せていて難しい顔をしていたかと思うと、話が終わった途端、そう言った。

「どういうこと？」

希織はちらり、と個室のドアを見やった後口を開く。午後の病院は面会に来る人が多いから、個室とはいえ周囲を気にしてしまう。

「タイムパラドックスってあるじゃん」

「ああ、よく、SF映画とかであるよね。親殺しのパラドックスとか有名」

未来人が過去に戻って自分の親を殺したとしたら、自分も生まれなくなる。じゃあ、あなたはどこから来たの？となってしまう。タイムパラドックスのわかりやすい例だ。

「そう、それ。つまり、陽彩と楓馬くんがこの時代で陽彩のお父さんの研究を壊したら、未来が変わるんでしょ？　それによって、本来なら生まれるはずの科学技術がなくなっちゃうんだとしたら、サイボークの楓馬くんはどうなっちゃうわけ？」

希織の鋭い考察に言葉を失う。

そんなこと、考えもしなかった。でも言われてみればたしかにそのとおりだ。

楓馬の話だと、この時代のお父さんの研究を壊してしまえば、未来には楓馬の時代にあるあらゆるものがなくなってしまう可能性もある。楓馬だってパオだって生まれないかもしれない。

楓馬の言うことが本当だとしたら、未来から楓馬たちがやってきたのは、おかしい。

「よく考えたほうがいいよ、陽彩」

今まででいちばん真剣な顔で希織は言う。

「陽彩だって、本当はお父さんの研究壊したくないんでしょ？」

「そりゃ、そうだよ。わたしはお父さんのこと尊敬してるもん。育ててくれて愛してくれて、いろんなものを発明したり開発したり、すごい人だと思ってる。お父さんの夢を邪魔するなんて、あっちゃいけないことだって」

「だったらなおさら、ちゃんと考えるべきだと思う。考えたくないけれど、この期に及んで、楓馬くんが嘘ついてる可能性だってあるんだしさ」

「うん……」

楓馬はいつも言葉が足りない。大人っぽくて優しくて紳士的で気が利くのに、肝心なところは説明不足だ。

もう一度、楓馬にちゃんと話をしてみよう。お父さんの研究を壊すことで、どんなふうに運命が変わるのか訊いてみよう。

それが納得できる答えじゃなかったら、大好きなお父さんの邪魔をする意味なんてない。

消灯時間が過ぎて、個室の扉が開いた。現れた楓馬に、わたしは固い表情をしていたんだろう。楓馬が悲しそうに眉を八の字にする。

「その様子だと、まだ決心がついてないみたいだね」

「楓馬、わたし……」

「言わなくてもわかるよ。僕が陽彩ちゃんの立場でも、すごく迷うだろうし、そう簡単に割り切れないはずだから。僕には、というか未来の人間にはそもそも親がいないんだけれど、陽彩ちゃんを見ていたら、お父さんがどんなに大きな存在か、それくらいはわかる」

言葉が見つからず黙ってしまうと、楓馬が力なく笑った。

「ゆっくりでいいよ。陽彩ちゃんの決意が固まるまで待つ。といっても、あんまり時間は残されてないんだけど……」

いつも優しくて、わたしのことを第一に考えてくれた楓馬。

大人で、にこにこしていて、十六歳までしか生きられないってことを除いたらパーフェクトな彼氏だと思う。

でも、楓馬だってつらいんだと知ってしまった。

本当なら自分はまだ死にたくないって絶望して、悲しみに浸っていてもいい時なのに、あまりにも大きなことがこの華奢な背中にのしかかっている。

「ねえ、楓馬」

「うん」

ひとつ大きく息を吸ってから、言った。

「楓馬とわたしがお父さんの研究を壊したら――楓馬は、生まれなくなっちゃうんじゃないの？」

楓馬の瞳が揺らいで、ああ、やっぱり言ってなかったんだな、と思った。

希織はすごく真っ当な指摘をしていたんだ。

「だって、おかしいよね？　お父さんの研究って、ＡＩどころか、世界全体を変えてしまうようなすごいものなのに。この時代でわたしたちがその研究を壊して、未来に何も影響がないなんてことない。なのに、どうして楓馬が未来からやってくるのか、そのことが謎なの。この期に及んで、楓馬は実はホログラムだったとかはないよね？」

「陽彩ちゃんは、頭がいいね」

楓馬は悲しそうに笑って、そしてベッドのそばの椅子に腰掛け、ぽつぽつと語り出した。

「正確に言えば――この世界の歴史は変わらない」

「え」

自分の出した声がたちまち遠くなる。

楓馬はわたしの反応を見て、それから淡々と続ける。

「並行世界ってわかるかな。いわゆる、パラレルワールドって言ったほうがいいかも。あれは本当で、世界はいくつもの並行世界でできている。たくさんの層が重なっていて、違う宇宙があるっていうのかな。だから、僕たちがこの世界で歴史を変えると、その瞬間にそこから分岐した別の宇宙が生まれる。歴史に大きく干渉することだからね。つまり僕たちが救うのは、その別の宇宙の人たちなんだ」

「それって……」

じゃあ、わたしがお父さんの研究を壊しても、楓馬は死んじゃうってこと？

楓馬の命は、わたしの力じゃ助けられないの？

それじゃ、あまりにも――

「陽彩ちゃんが今言いたいこと、わかるよ」

楓馬がふにゃ、と今にも泣きそうな顔で笑った。その顔で、やっぱりこの人も死にたくないと、まだ生きていたいと、運命に抗いたいと、そう思っていることが痛いほど伝わってきてしまった。

「陽彩ちゃんが助けられるのは、僕じゃない。別の世界の僕なんだ」

「な、何それ、そんな……そんなのってない」

昏がぽろぽろ震えて、感情がわあっと駆け上がって涙になる。

わたしの心がぽっきり折れてしまうことがなかったのは、楓馬を助けられるという希望があったから。

もはや、自分の命なんてどうでもよくなってしまってたくらいだ。小さい頃から病気でいろんなことができなくて、自分は長く生きられないことはわかってたし、それがちょっと早まっただけじゃない、って自分を納得させられる理由もあった。

でも、楓馬は違う。

長く生きられないのはわたしと同じだけど、わたしの命と楓馬の命は違う。

何が違うかって、それは、はじめて好きになった男の子だからだ。

自分以上に楓馬に生きていてほしい、それがわたしの「好き」なんだ。

「まったく、面倒くさい生き物だなニンゲンは」

泣いているわたしを見て、あきれたようにパオが言う。

「普通のニンゲンは、ほとんどがなんの意味も残せずに死んでしまうじゃないか。よほどの偉業を成し遂げられた人でない限り、ワタシから見ればニンゲンの死は犬死にだよ。それが、自分の世界ではないにしろ、多くの人を救えるっていう意味を残せるんだぞ？　すごいことだと思わないのか？」

「パオ、うるさいよ」

楓馬の声が鋭くて、本気で怒っている。でもパオはものともしない。

「ワタシが言いたいのは、何を迷うことがあるかってことなんだ。というかそもそも陽彩、あんたに選択肢はないぞ。楓馬と出会った時点で、あんたのやることは父親の研究を壊すことだと決まっている。その運命からは、逃れられない」

「パオ!!」

怒りをむき出しにした楓馬を見て、パオは仏頂面になり、どこかへひゅーと飛んでいってしまった。

楓馬が申し訳なさそうな顔をする。

「ごめんね、陽彩ちゃん。パオは無神経だから、今言われたこと、気にしちゃ駄目だよ」

「うん……」

正直、パオの言いたいことがまったくわからないわけじゃない。

楓馬の言うとおりにすれば、違う世界を救うことになる。それはたしかに大きな意味のあることだし、しかもそうしなきゃいけないと決まってるなら、そうするべきなんだろう。

でも、人間は理屈で動けない。

楓馬のいないこの世界に、今はなんの意味もないと思ってしまう。

わたしの命が残り少ないなら、せめて楓馬には長生きしてほしいのに。それだけなのに。


翌朝体温と血圧を測りに来た池澤さんは、いつになく神妙な顔で言った。

「体温がいつもよりちょっと高いわね。それに血圧も、この数値は良くないわ。朝ご飯を食べたら、すぐに先生に診てもらいましょうね」

さすが看護師さん、こういうことに慣れているんだな。そう思ってしまった。

池澤さんは、若くして余命わずかなわたしに優しくしてくれるけれど、ああいう仕事をしていればこんな人間なんて山ほど見てきたんだろう。そう考えれば、パオが言った「犬死に」って本当のことなんだなと思ってしまう。生きたこと、それ自体に意味を残せる人なんて、ごくごくわずかなんだから。この世に生まれてくることは素晴らしいけれど、若くして亡くなった人も年取ってからその時が来た人も、わたしみたいに病気で亡くなる人も突然の事故に遭った人も、どの人生も雨垂れの一滴のようなものなのかもしれない。


でもわたしがお父さんの研究を壊せば、生きていたことに意味を残せる。

それは喜ぶべきこと、なんだろうけれど。

お父さんが面会に来たのは、いつもどおり、夕ご飯の後だった。やたらすっきりした顔で、明るく告げた。

「陽彩の手術が決まったよ」

「え」

何を言われているのかわからなかった。

だって、主治医の先生にあんなに反対されているのに。いったい、どんな手を使ったの？

わたしの気持ちを見透かしたようにお父さんが言う。

「陽彩が心配しなくても、主治医の先生には話をつけてある。執刀する先生と協力して、二人で説得したんだ。だいぶ渋ってたけどね。今、陽彩の渡航の準備をしている。早いほうがいいからね」

「そんな強引な……ていうか、その手術、本当に大丈夫なの？　成功率だってかなり低いんじゃ」

お父さんが疲れの滲んだ目を細めて笑った。

「だって、あきらめたくないじゃないか」

その言葉が、すとんと心の真ん中に落ちてくる。

「お母さんがいなくなって、陽彩もいなくなるなんて、お父さんはそんなこと耐えられないよ。陽彩がいなくなったら、研究さえも意味ないんじゃないかと思ってしまう、それくらいにね。だから、あきらめたくないんだよ、最後まで。お父さんは陽彩の親だから」

「お父さん――」

昨日の夜からずっともやもやしていた感情に、答えの光が照らされた。

わたしがパオの言葉を理解しながらも受け入れられないのは、あきらめたくないからなんだ。

お父さんがわたしをあきらめたくないように、わたしだってあきらめたくない。

自分の命以上に、楓馬の命をあきらめたくない。

それが運命だ、決まったことだから。そんなことを言われたところで簡単にはいそうですかと言えるほどわたしは大人じゃないし、そんな大人になる必要はないと思う。

納得できないことは、それは違うと言ってしまっていいんじゃないか。

「お父さん――ありがとう」

きっと、お父さんはわたしの「ありがとう」をぜんぜん違う意味で受け取っていただろう。

それでも、最近見た中でいちばん穏やかなお父さんの顔がうれしくて、夕べとは違う種類の涙がじゅわっとふくれあがった。

その日の夜もいつものように病室に訪れた楓馬に、夜景のきれいなところへ行きたいと言った。はじめて楓馬とドライブした日も、デロリヤンから東京の夜景を見下ろして、それがすごくきれいだったから。

初心に戻りたい、という意味を込めて、今は楓馬と夜景が見たい。

「すごい。星が光ってる！　ほんとに百万ドルだね」

「この時代の日本ではいちばんの夜景だなと思って」

楓馬が選んだのは函館《はこだて》。冬の五稜郭《ごりょうかく》のライトアップがきれいだということで、デロリヤンで数ヵ月前の夜にタイムスリップした。身体がびっくりするほどの寒さに震えるわたしに、楓馬がさっとコートを取り出して羽織らせてくれる。五稜郭タワーから見下ろす夜景は、五芒星《ごぼうせい》が夜の中、ほんのりとオレンジ色に光っていた。その向こうに広がる街の明かりも、山の稜線も見事なまでの宝石箱だ。沖縄や斑尾高原で見たのは星だったけど、人が作り出す光も美しくて、あたたかみがある。

「この光の中に、ひとりひとり、人生があるんだね。みんな一生懸命生きて、命の火を灯してる。その命は、未来へ向かって受け継がれなきゃいけない。やっぱり、いけないことだと思う。ＡＩによってその糸が断たれちゃうなんて」

「陽彩ちゃん」

「だからって、ね」

楓馬の目をまっすぐ見つめて言う。楓馬って、改めて見るとやっぱりきれいな目をしている。この時代のどんな男の子より、真面目に、すこやかに生きてきた。そんな感じがする。

機械に生かされる弱い身体でも、楓馬の心はちっとも汚れていない。

そんな楓馬だから、わたしは。

「お父さんの研究を壊すことは――やっぱり、納得できるようなことじゃないよ」

「………」

「わたしにとって、お父さんは世界のすべてみたいなものだったから……そんなこと言うとファザコンみたいだけど、ほんとに、そうなの。わたし、天才科学者の娘だからって、小さい頃から周りの子から距離置かれてたし。希織を除けば仲のいい友だちなんてできなくて。しかもお母さん、わたしが生まれてすぐに死んじゃったじゃない？　だから、家族はお父さんひとりだけ。それで自分は病気とか。嫌な思いをしないで生きてこなかったって言ったら、嘘になる。お父さんがちゃんと愛情を注いでくれたから、ぐれずには済んだけど」

楓馬はわたしの言葉を黙って聞いている。いつになく真剣な表情に向かって、笑いかける。

「でもね、お父さんよりも大切な人ができたの」

胸が詰まって、息が苦しくなる。きらきら、街明かりが遠くなって、一枚の絵になる。

ああ——本当にあるんだな、こんな瞬間。

今、やっとわたしにもわかった。

恋に落ちるとき、その想いを伝えるとき。

女の子はこんなにも、ロマンティックな気持ちになるんだ。

「わたしは、楓馬が世界じゅうの誰よりも大事」

「……陽彩ちゃん」

「だから、楓馬の命をあきらめたくない」

楓馬が大きく目を見開いた。

自分の命なんてどうでもいい、とまでは思わないけれど。

わたしが今いちばん大事なのは、楓馬の命。

誰よりもこの世界で生きていてほしいと思うのは、楓馬だから。

「楓馬、言ったでしょ? お父さんとお母さんのことや、樹里ちゃんのことや。そんなふうに、ひとのためにがんばってたわたしを見ているうちに、好きになったって」

「うん」

「わたしはね、ひとのために何かするのが好きな人みたい。今まで気づかなかったけれど。だから今も、楓馬のためにがんばらせて」

「……陽彩ちゃん」

「それにわたし、楓馬の言ったこと、ぜんぶ信じてるわけじゃないんだよ」

「……どういうこと？」

わたしは楓馬に向かって笑いかける。

命が残り少ないなら、わたしの笑った顔を楓馬にたくさん覚えておいてほしい。

「わたし、結構リアリストだから。いちおう、天才科学者の血を引いてるわけだし。理論上はそうでも、もしかしたら楓馬、死ななくて済むかもしれないじゃない？　わたしがお父さんの研究を壊したことによって、未来が変わって、わたしの運命が変わって、楓馬も長生きする。そういうこと、考えてるの」

「……陽彩ちゃん」

「馬鹿げている」

いつから聞いていたんだろう、楓馬の肩ごしからパオが飛び出し、マシンガンのような口調でしゃべり出す。

「まったくどこまでニンゲンは馬鹿なんだそんな自分に都合のいい理屈を持ち出して。いいか、あんたは死ぬし楓馬も死ぬ。あんたのやるべきことはあんたの父親の研究を壊して、別の世界にいるニンゲンたちを救うこと。いい加減受け入れろ見苦しい。あんたがどれだけがんばっても願っても、楓馬は死ぬぞ」

「パオ、うるさい」

楓馬がパオの額にストレートパンチをしゅっとお見舞いするとパオはもろにくらってしまったらしく、百万ドルの夜景の中にうわあああ、と言いながらきれいな放物線を描いて落ちてしまった。

「……いいの？」

「大丈夫、あれぐらいじゃ壊れないから。どうせすぐまた、何事もなかったように戻ってくるよ」

「まあ、パオだからね」

そう言ってわたしたちはくすくすと笑い合う。悲しい運命を背負っているっていうのに、二人の間に流れる空気は、十六歳のカップルにふさわしく穏やかだ。

「わたしはね——あきらめたくないんだよ、楓馬」

楓馬がこくり、うなずいた。とてもやさしい顔だった。

「最後まであきらめたくない。あがいていたい。こんな気持ちになったの、はじめてだから。はじめて好きになった人を、失いたくない。救う方法を考えたい」

「……陽彩ちゃん」

「楓馬が大好きだよ」

楓馬がそっとわたしを抱き寄せる。二度目のハグは最初よりも余裕がある感じで、楓馬のかたい胸の感触が心地よかった。どっくん、どっくんと心臓の音がする。この心臓も機械の心臓なんだろうか。

だとしても、関係ない。

わたしは楓馬が好きだ。だから、楓馬をあきらめない。

最後の最後まで、楓馬と一緒に笑い合える未来を信じたい。

だって、こんなに素敵な人と、スペシャルな恋をしたんだもの。

がんばらなきゃ、嘘だ。

ふと顔を上げると楓馬と目が合った。唇が近づいてくる。

機械人間の唇はふにゃっとやわらかくて、少し冷たくて、でも内側にほんのりと人間の熱があった。

第十二章　その手をもうつなげない

デロリヤンで時空をすっ飛んで、フランスのパリまでやってきた。

青空をバッグにすっと屹立するエッフェル塔に、ルーブル美術館でモナ・リザを見て。凱旋門で螺旋《らせん》階段を上って屋上で写真を撮り、シャンゼリゼ通りのカフェでお茶をする。若過ぎる日本人カップルのわたしたちは、どこに行ってもやたら目立ってしまった。

「このカフェね、デモで赤い屋根が燃えちゃったんだって」

「そうなの？　でも、今はあるよね？　赤い屋根」

「うん。ちゃんと作り直したみたい」

「陽彩ちゃん、来る前にそういうことまで調べるってすごいね」

褒められて、なんだか照れ臭くなる。テーブルの上でぬいぐるみのふりをしているパオが隣の席のパリジェンヌたちにじろじろ見られ、にらみ返していた。

「わたし、本当はお父さんの後を継ぐよりも、語学をいっぱい学んで、世界を飛び回るような仕事がしたかった。旅行関係とか興味あったし。パリは憧れてた街だから、今日来る前にいろいろ調べたんだ。ツアーコンダクターになったつもりで」

「素敵な夢じゃない」

「でも、もう……叶わないかもしれないから」

そこでわたしは、小さく呼吸をした。楓馬の目を見て言う。

「心臓の手術がね、決まったの」

「それって……」

「お父さんが駆けずり回って、腕のいいお医者さんを見つけてくれた。主治医の先生は最後までめちゃくちゃ反対してたの。それだけ、成功率の低い、難しい手術なの」

「そう、なんだ……」

たぶん楓馬の運命が変わったとしても、わたしの運命まで変えることは難しいだろう。それだけ、運命に逆らうのは大変なことなんだ。でも、わたしのために必死なお父さんを見ているから、とても、手術はやめる、このまま死ぬのを待つなんて言えないし、だいたい、楓馬にあきらめないでって言ったわたしが、あきらめてしまうのは違うと思った。

「僕は、陽彩ちゃんは死なないと思うよ」

楓馬が頬の力をゆるめて言った。

「なんで？」

「なんか、奇跡が起きるような気がしちゃうんだよね、陽彩ちゃんといると。陽彩ちゃんは自分のお父さんとお母さんを助けたし、樹里ちゃんにもできるだけのことをした。陽彩ちゃんって一見おとなしそうだけど、自分では気づかないくらい、パワーのある子なんだよ。そんな陽彩ちゃんだから、なんか信じられちゃうんだよね。ありえないような、奇跡を」

「……ありがとう」

正直、手術のことはあんまり考えたくない。考えるのは、どうしても怖い。考えれば考えるほど、うまくいかなかった時のことに思いを巡らせてしまう。また、余命宣告された時の絶望していた状態に、戻ってしまいそうになる。

でも、楓馬の言葉はうれしかった。今までわたしは、なんにもできない子だと思ってたから。

天才科学者の娘に生まれると、周囲からの期待値がどうしても高くなる。いくら勉強をがんばっても、「お父さんが天才なんだからもっとできるでしょ」と思われがちだし、できたことよりも、できなかったことのほうに目を向けられる。今までわたしは、そんな周りの目にびくびくしていた、弱い女の子だった。

今でも変わったとは思えない。変わったんじゃなくて、楓馬に出会ったことで、自分の中のそれこそパワーみたいなものが、やっと表に出てきたような気がする。

それをちゃんと見てくれる、楓馬の瞳が何よりも好きだ。

「今日の陽彩ちゃん、かわいいね」

カフェを出てシャンゼリゼ通りを歩きながら楓馬が言って、わたしは得意げに唇を差す。

「気づいた？　希織に教えてもらって、使ってないっていうコスメ借りて。ちょっとだけ、メイクしてみたんだ。慣れてないから下手くそだけど……このリップ、希織のおすすめ。わたしは肌が白いから、こういう色が似合うんだって」

「似合うよ。甘いお菓子みたいな唇してる」

「じゃ、もう一度キスしてみる？」

楓馬は照れたように笑って、そしてキスの代わりに手をつないできた。

楓馬の手のひらはやっぱり少し冷たくて、この人の命が決して長くないことを改めて思ってしまう。

わたしは今回も、あきらめないでできることをしよう。

楓馬の言うようなありえない奇跡、を信じてみよう。


明日はわたしが飛行機に乗って、アメリカに行く日。

調子がいい時、個室の片付けを少しずつ進める。窓から明るい陽光が差し込んできて、カーテンを開けて病院の庭を見下ろすと、サルスベリが赤や白の花をわさっと広げていた。蝉の声もするし、行きかう人たちもすっかり夏らしい服装をしている。

わたしの心臓は、いつ止まってしまうかわからない。

そっと胸に手を当てて、小鳥みたいにとくん、とくんと弱弱しく動いているその鼓動に耳を澄ませていると、背中で扉が開いた。

「退院祝い、持ってきたよ」

希織がケーキの箱を掲げてにっこりと笑った。

「ありがとう。退院っていっても、これから手術あるんだけどね」

「食べちゃいけないものとかよくわからないから、あんまり甘くなさそうなの、選んでみた。メロンのゼリーっぽいやつだったら食べれるよね?」

「食べれる! メロン大好き!」

希織と二人でケーキを食べ始める。わたしはメロンのゼリーとムースが層になった黄緑色のケーキ、希織はフランボワーズのケーキを食べていた。途中で食べる手を休め、シェアし合う。上品な甘さが口いっぱいに染みて、ああ生きてるな、なんて思う。

やっぱり生きていたい、わたし。

こうやっておいしいものを食べて、大切な人と笑い合いながら過ごす時間がなくなってしまうなんて、嫌だ。

「あと、これ。気休めかもしれないけど、一応、折ってきた」

希織がカバンの中から折り鶴を取り出す。二十羽はあるだろう、カラフルな折り紙が丁寧に折られていて、希織の気持ちに目頭が熱くなる。

「あたしには、これくらいしかできないからさ」

「希織……」

「楓馬くんも未来に帰っちゃうんでしょ？」

わたしは小さくうなずく。

本当のことを話したいけど、話された側の気持ちを考えたら、わたしの胸に留めておくべきじゃないかと思った。わたしは手術をして、楓馬は未来に帰る。そう言うと希織は納得して、手術がうまくいくといいね、とだけ言ってくれた。

「薄情だよね、せめて陽彩の手術が終わるまで、そばにいてくれてもいいのに」

「楓馬は仕事で来てるから。上の人に呼ばれて、仕方なかったみたい」

「だとしても、だよ!?　彼女が心臓の手術とか、心配じゃないわけって思っちゃう！

ああ、あんなやつに陽彩を渡すんじゃなかった!!」

本当に怒っているらしく、ちょっと顔が赤い。

やっぱり、本当のことを言ったほうがよかったのかな。今さら無理だけど。

「ねえ希織」

「うん？」

「長生き、してね」

希織はきょとんと目を見開いて、それからがばっとわたしの両肩をつかんだ。

「何言ってるの!?　手術前だからって気弱になってるわけ!?　陽彩、手術してくれるお医者さんの腕、信じなきゃ！　お父さんが一生懸命探してくれた人でしょ!?」

「う、うん……」

「陽彩も、あたしも、長生きするの！　てか、あたしひとりで長生きしたって仕方ない！　陽彩がそばにいなきゃ、楽しくないよ」

「希織……」

涙があふれそうな目をそっと伏せて、それからもう一度希織を見た。

「ごめん。わたし、がんばる」

「そうだよ、がんばって。陽彩が死んじゃうとか、あたしやっぱり嫌!!」

そう言って希織はわたしを思いきり抱きしめてきた。

その背に腕を伸ばし、嗚咽を漏らす希織の頭を何度も撫でる。

本当にごめんなさいだ。本当のことを言えなくて、こんなに親身になってわたしのことを考えてくれる親友に、なんの相談もせずに決めてしまうなんて。

でも——死は、必ずしも歳をとった人から順番に訪れるものじゃない。

樹里ちゃんがそうだったように。

若くて健康な人でも、たとえば突然の事故で命が断たれてしまうこともある。

だからこそ、いつ何があっても後悔しないような生き方をすることが大事、なんて言ったら月並みだけど、本当にそうなんだ。

わたしはわたしが後悔しないために、行動する。

「希織、ありがとう」

大好きな希織に最後にかける言葉がごめんなさいじゃ、あんまりだから。

希織の身体をしっかり抱きしめて、そう言った。


夜になり、やってきた楓馬、パオと一緒にデロリヤンに乗ってお父さんの研究所へと向かう。お父さんが働く研究所は都下にあって、同じ都内とはいえ家からだとまあまあの距離があるけれど、デロリヤンだと一瞬でついた。

「何度もタブレットで見たけれど、こうして実物をちゃんと見ると、けっこう大きいんだね」

運転席の楓馬が言って、わたしはうなずく。そしてスマホを突き出し、画面に研究所の見取り図を表示する。

「お父さんの部屋があるのは二階の奥。そこに大事なデータがたくさんあるみたい。それこそ門外不出の、社外秘にしなきゃいけないものとかもあるから、わたしたちのターゲットはそこでいいと思う。問題は警備だね。入口とその後もうひとつ、さらにそれから部屋の入口、破らなきゃいけないロックが三つもあるの。楓馬、できる？」

「百年後の科学力、ナメちゃ駄目だよ」

楓馬が白い歯を見せてにっと笑った。後部座席にいたパオがぴょこんと飛び出してきて、ふむふむと見取り図を見た後、わたしを見て言う。

「陽彩にしてはやるじゃないか。これ、どこで手に入れたんだ?」

「娘の立場を利用して、ちょっと……ね。引かれるから、楓馬たちには言えないな」

「お前、意外とこすいことをするんだな」

「わたしはね、もう覚悟できてるの。お父さんのことは大事だけど、楓馬のことも大事だから。大事なものがたくさんあったら、人間強くはなれないの。切り捨てる勇気も持たないといけないの」

まだ抵抗がないかって言われたら嘘になる。

でも、わたしが欲しいのは、楓馬の未来。

それ以外は何もいらないし、求めてもいけない。

わたしの行動で人類が救われたら、楓馬もサイボークなんかじゃなく、健康な身体で生まれることができるかもしれない。

いくら可能性は低くても、そんな未来を信じて、わたしは動く。

楓馬がやさしくわたしの頭に手を置いて、言った。

「ありがとう、勇気を持ってくれて。時間はあんまりない。行こう」

わたしは小さくうなずいた。

ロックを破るのは、楓馬の力を持ってすれば簡単だった。タブレットがロックを解除できる鍵になっているらしい。カードキーを置くところにタブレットをかざすだけですっと扉が開き、あたりを照らしていた光が消える。警備員が飛んでくるんじゃないかと警戒したけれど、楓馬は大丈夫だと言う。

駆け足で次のロックを解除し、二階の奥へと向かう。こんな深夜でも研究所には人が詰めているので、息をひそめながら移動した。誰も、わたしたちの不審な動きには気づいていないようだった。足音を立てないようにして歩き、二階の奥の部屋のロックを解除する。中には何十台ものパソコンとモニター、数えきれないほどの資料の山があった。

「これぜんぶ、わたしたちが壊さなきゃいけないものなの?」

「そのままにしておいていいものもあると思うけど、時間がないからね。パオ、できる?」

「任せておけ」

パオの身体が風船ガムみたいにぷくう、とふくらんだ。口が横にぐいっと伸びてポストの投函口みたいになる。唖然としていると、楓馬が資料の束を抱えた。

「まずは、紙データから。ぜんぶパオに食べさせちゃえば、パオの体内で処理される。その後にパソコン内のデータを破壊しよう」

「わかった、手伝う」

「陽彩」

低い声がして、わたしと楓馬とパオ、三人同時に振り返った。

部屋の入口にお父さんが立っていた。すべての望みが潰《つい》えてしまったような目でわたしを見ている。足が竦《すく》んで動けないでいると、お父さんはゆっくりしゃべり出す。

「そこで、何をやってるんだ？　その男の子は誰なんだ？」

「お父さん……これは……」

「陽彩がお父さんのパソコンから研究所の見取り図を盗んだの、気づいていないとでも思ったのか」

お父さんの口調はぞっとするほど悲しげだった。

お父さんからすれば、文字通り娘に裏切られたんだ。

「パスワードは、お父さんとお母さんの結婚記念日にしてある。陽彩以外、盗める人はいないんだ」

「お父さん……」

「答えてくれ、陽彩。なんでそんなことをするのか」

やっと振り絞られたような重たい言葉に心臓を握りつぶされる。

わたしの命がなくなっても、お父さんを裏切っても、楓馬が生きる未来があればいいい。そう思って、ここまでやってきた。

でも、こんなに悲しそうなお父さんを目の当たりにしてしまったら、決意なんてあっという間に揺らいでしまう。

わたしは、お父さんの娘だから。

「この人は……楓馬は、未来から来たの」

お父さんがはっと目を見開き、楓馬が驚いた顔をする。わたしはゆっくり続ける。

「お父さんが今開発している創造するＡＩってあるでしょう。それができたせいで、未来はとんでもないことになっちゃうの。具体的に言うと、人間の生殖能力がなくなって、人間の数がどんどん減っていって、その人間たちの寿命も短くなって。ここにいる楓馬も、今でいえば老人の年齢なの。だからわたしはお父さんの研究を壊して、歴史を変えたい」

「……何を言っているんだ？」

当然の反応だ。わたしの話はあまりにもぶっ飛び過ぎている。未来だのなんだの言って、あっさり信じてくれる人間なんていない。

「陽彩、もしかして手術を受けることで、精神的に弱っちゃってるんじゃないのか？そりゃそうだ、陽彩の歳で、命に関わる病気になって成功率の低い手術を受けるなんて、不安だろう。でも大丈夫だ、お父さんがついてるから」

「お父さん……」

「不安だから、その隣にいる、変な男の子によくわからないことを吹きこまれちゃったんだろう？　そんなこと信じちゃ駄目だ、陽彩。未来がどうなるかなんて、誰にもわからない。何を言われたのか知らないけれど、その子の言うことはでたらめだ」

「楓馬は、でたらめなんて言わない」

お父さんの顔がはっと固まる。そんな表情をさせたことに胸がつぶれそうな罪悪感はあったけれど、でもそれに負けちゃいけなかった。

「楓馬はやさしくて立派で大人で、でも大人なのは、そうならざるを得ない環境だったからで――とても悲しい運命を背負っている。だからわたしは、楓馬を助けたいと思った。楓馬はわたしがはじめて好きになった男の子だから」

「陽彩」

「たとえお父さんでも、楓馬を悪く言うことは許さない」

はっきりそう言ってしまうと、地の底に来たような沈黙が広がる。お父さんは長いことうつむいていた後、拳をわなわなと震わせた。

「君！　陽彩から離れなさい！　うちの娘にわけのわからないことをさせようとするな！　陽彩は、僕の後を継ぎたいと言ってくれたやさしい子なんだ！　君のせいで陽彩はおかしくなってしまったんだろう!?」

「だから楓馬のこと悪く言わないでっ」

「……あなたが守ろうとしているものは、このディスクですか」

いつのまにか、楓馬が一枚のディスクを持っていた。

お父さんの顔から今度こそ色が抜けていく。

「あなたたちがしゃべっている間に、パオに調べてもらいました。この部屋はパソコンも資料もたくさんありすぎて、どれが重要なのかわかりづらいので。でもパオの力なら、いちばん大切なものがすぐに見つかります。時間がないので、ちょっと乱暴な手段ですが、やらせてもらいました」

パオがふん、と得意そうに鼻を鳴らす。お父さんがパオを見て、それから楓馬を見る。

「君！　そのディスクを離しなさい！　その中には、人類の未来に関わる研究データが入っているんだ！　いくつものパスワードがぜんぶ暗号化されて保存してある！　それがなければ、他のパソコンに入っているデータだって見られない!!　自分がやろうとしていることがわかっているのか!!」

「その言葉、そっくりそのままお返しします」

楓馬の声は聞いたこともないほど冷淡だった。

悲惨な人類の未来を知っている楓馬からすれば、お父さんは敵なんだろう。

「あなたは人類の発展のために研究をしたんでしょうが、それは浅はかな考えなんです。素晴らし過ぎる科学技術に犠牲がともなうことを、科学者として忘れてはいませんか？　すごいことを思いついたから研究して、みんなの生活を便利にしよう。それ自体は悪いことではない。でも、あなたはもっといろいろな可能性を考えるべきだった」

「いいからそのディスクを返しなさい！」

「返しません」

楓馬はきっぱりと言った。傍らでパオがやはり大きく口を開けている。

「この中にディスクを入れてしまえば、一瞬で破壊されます。僕はそれをやる。なぜならそれが、僕の使命だから」

「君、いい加減に……」

「でもその前に、陽彩さんに謝ってください」

はっとお父さんが目を見開く。

わたしに、謝る……？　謝らなきゃいけないのはわたしのほうなのに。

楓馬は何を言っているんだろう。

「あなたは一見陽彩さんを愛し、かわいがっているようで、その実陽彩さんの本音に気づいていなかった。天才科学者の娘だからって色眼鏡で見られて、学校で寂しい思いをしていることも知らなかったでしょう。あなたの後を継ぎたいと口では言っていても、陽彩さんは本当は別の夢を持っていました。あなたを悲しませたくなくて、言えなかったんですよ」

「……本当なのか、陽彩」

お父さんの声が震えている。わたしは小さくうなずく。

「わたしは本当は、科学者じゃなくて、海外で活躍したいと思っていた。英語や語学が好きだし、旅行関係とかいいかなって」

「……なんでそれをお父さんに言わなかったんだ」

「後を継ぎたい、って言ったほうが、お父さん、喜ぶでしょう？　小さい頃から身体が弱くていっぱい迷惑かけてきたんだし、それくらいの恩返しはしなきゃって思って」

お父さんが大きく肩で息を吐き、下を向いた。

たっぷり数十秒、無言の時の後、お父さんが言う。

「ごめん、陽彩。いちばん近くにいたたったひとりの家族なのに、言いたいことも我慢させてしまうなんて……父親失格だな」

「そんなこと……」

「そんなこと、あるよ、陽彩。陽彩、陽彩自身の言葉でお父さんを責めてくれ。詰《なじ》ってくれ。嫌なことをぜんぶ、ここで言ってくれ。そうじゃないと……お父さんは陽彩をアメリカに連れていけない」

「お父さん……」

本当に責めようと思ったわけじゃない。

でも口を開きかけた時、パオがぴょーん、と跳ねた。

「いつまで茶番を聞かせるんだクソニンゲン共!! ワタシはもう、待ちくたびれたぞ!!」

「パオ!!」

「さっさとそのディスクをくれ! データを破壊するぞ! なんのために未来からわざわざ来たと思ってる!!」

楓馬の手元に噛みつこうとするパオ。目がぎらぎらしていて、焦点が定まらなくなっている。

「どうしよう、コンピュータが暴走している!」

「パオ、やめて!」

「そのディスクを壊さないでくれ!!」

お父さんがものすごい速さでこちらに向かってきて、パオがお父さんの脇腹に思いきりキックを入れた。パオを取り押さえようとした楓馬の手からディスクが滑り落ち、床に落ちたディスクの上にパオがどすん、とわざとらしく尻もちをつく。

パオが身体を起こすとディスクは粉々で、お父さんは部屋の端っこで伸びてしまっていた。

「壊れ、ちゃった……」

思わずそう言うと、パオは満足そうにまんまるの胸を反らした。

隣にいる楓馬の顔を見上げようとした時、ずきんと胸に激しい衝撃が走って、反射的にうずくまる。

「陽彩ちゃん!?」

「どうしよ、ふ、うま……これ、けっこう、まずい、かも」

呼吸すら危ういほどの痛みが心臓を襲い、何度もばくんばくんと、新たな衝撃がやってくる。全身で血液が暴れている。わたしは楓馬に身体を支えられながら、なんとかゆっくりと呼吸しようと胸を動かした。

「がんばって、陽彩ちゃん。すぐ病院に連れていくから。今薬を……」

ベルトに手を伸ばそうとした楓馬が、うっと口を押さえた。

その手の隙間から、機械油みたいなどす黒い液体があふれ出す。

「楓馬!!」

楓馬は横ざまにぱったりと倒れ、支えを失ったわたしも倒れてしまった。

パオに助けを求めようとしたけれど、まだコンピュータが暴走しているのか、パオは伸びているお父さんの背中をぽこぽこ蹴ったり、頭の上で飛び跳ねたりしている。楓馬の身体じゅう、あちこちから黒い液体が漏れ出て、床にでろりと血だまりのように広がっていく。

「ごめん……陽彩ちゃん」

楓馬が弱弱しい声で言った。わたしに向けられる顔は真っ白で、でも口元にはほのかに微笑を浮かべている。

「僕は、もう、駄目だ」

「楓馬……！」

「本当に、ごめん。陽彩ちゃんのこと、助けられなくて」

「そんな、わたし、こそ……！」

「陽彩ちゃんが大好き」

震える手をこちらに差し伸べようとしてくる。

わたしも楓馬に向かって手を差し出すけれど、腕に力が入らず、みっともなくがたがた小刻みに震えるだけだった。

「陽彩ちゃんに、会えて、よかった」

「楓馬……！」

わたしも好きだよ。楓馬が大好きだよ。

きっとこの時代で普通に出会っていても、わたしは楓馬に恋をした。

もし生まれ変われるなら、わたしはまた楓馬の恋人になりたい。

そして今度こそ、何年も、何十年も、一緒に幸せな時を過ごしたい。

ごめんね。結局楓馬を助けられなくて。

でも、それ以上にありがとう。

言いたいことはひとつも言葉にならないまま、何度も何度も心臓を、身体全体を、切り裂くような激しい痛みが襲ってきて、やがてゆっくりと意識が遠のく。

閉じかけた目の中に、楓馬の真っ白い髪と穏やかな顔が見えた。

最期まで、楓馬は笑顔だった。

最終章　１００年後の僕から、１００年前の君に

教室の中、四十人の生徒に見つめられ、教師が淡々と近代史の授業をしている。

昔は黒板というものがあったらしいけれど、今は大型モニターに動画が映し出され、教師はその説明を行う。モニターに、ひとりの女の子の顔が表示される。年の頃は、僕と同じくらいだろうか。画面の中で明るい笑みを浮かべ、躍動する彼女に、心臓の奥がコトリと動いた気がした。

「今から百年前、南部陽彩という少女がいました」

教師はよどみない口調で歴史の真実を告げる。僕の目は、モニターの中の南部陽彩をずっと追いかけていた。記録映像は南部陽彩の人生を映し出す。高校の制服姿だった彼女はあっという間に大人になり、やがてその背景にハワイの海やパリのエッフェル塔が映し出されると、行ったこともないはずの百年前の光景に妙な既視感をおぼえた。

「南部陽彩の父、南部陽一は科学者として名の知れた人で、創造するＡＩの研究をしていました。その研究は人類を破滅に導く危険なものだった。二〇××年のある日、南部陽彩はひとつの決断をしました。父の研究を破壊し、人類の未来を守る決断を」

何かが違う、と思った。南部陽彩が守ろうとしたものは、そんな大層なものじゃなかったんじゃないか。

本当は、たとえば、たったひとりの大切な人を守りたかったんじゃないか。

なぜか、そんな直感があった。

「南部陽彩が決断したことで、宇宙が分岐し、私たちが生活するこのパラレルワールドが生まれました。父親と闘った南部陽彩がどうなったか、そのことは歴史にあまり残されていません。あるのは、今流れている記録映像のみ。南部陽彩は旅行会社を設立し、世界で活躍する女性になったそうです」

モニターの中の南部陽彩が僕たちに……いや、僕に向かって、笑いかける。

その笑顔はやっぱりどこかで見たことがあるような気がして、心臓がトクントクンと妙な駆け足をはじめるのを止められなかった。

教師はちらりとモニターを見ると、それから口角を上げて続ける。

「人類史を変えるほどの決断をした南部陽彩を、先生は尊敬しています。彼女のおかげで、私たち人類は救われたのですから。でも歴史に大きく影響する出来事は、人ひとりの些細な行動からはじまるものです。みなさんのちょっとした言葉や行動も、ひょっとしたらそうなるかもしれませんね」

教室のあちこちで小さな笑い声が上がり、画面が切り替わり、教師が教科書の次のページをめくるように指示する。

インターネットで南部陽彩について調べるけど、参考資料はびっくりするほど少なかった。

わかったことは、教師が説明したことに加え、心臓の病気で苦しんでいたことくらいだ。

僕はタイムマシンに乗って、南部陽彩に会いに行くことにした。二十年前に開発されたタイムマシンは銀色の球体の形をしている。人ひとりが入ればいっぱいいっぱいの空間に、大きなモニターといくつものボタン。南部陽彩が僕と同じ、十六歳の頃に時間を設定して、到着を待つ。ものすごいGがかかって、専用のスーツでそれを乗り切るけれど、胸やけするような不快感はどうしようもない。

じっと目をつぶってやり過ごしながら、モニターに映し出されたあの笑顔を思い浮かべる。

どうしてこんなに会いたいと思ってしまうんだろう。あの子のことが気になるんだろう。

百年前につくと、僕が来た時代以上の暑さに思わず顔をしかめる。真っ白い日差しがきらきらとオリンピック公園の緑を照らし、歩く人々の服装は僕の時代よりも地味で、時代を感じさせる。国道沿いにゆっくりと歩いていると、手前から日傘を差した女の子が歩いてきた。

ゆっくりと僕に近づく足取り。涼しげな白いワンピースの裾が揺れる。

その顔は——モニター画面で見た南部陽彩だった。

思わず足を止めると、南部陽彩と目が合った。びっくりしたように目を瞬かせる彼女を見て、もしかして同じことを思っているのかな、と感じる。

僕たち、絶対に前にも会ったことがある。

南部陽彩——いや、陽彩ちゃん。

なぜか、そう呼びたくなった。

「もしかして、僕たち、前に会ったことある？」

そう言うと少しの間の後、陽彩ちゃんはきらりと目を輝かせて言った。

「あるよ。別の世界で、同じ場所で」

「それ、どういう意味？」

陽彩ちゃんはふふ、とごまかすように笑った。

陽彩ちゃんの言葉の意味はわからないけれど、胸がとくんとくん、と高鳴る。

いつかどこかで感じたことのあるようなときめきだった。

「君に——陽彩ちゃんに、会いに来た」

「わたしに？」

変な人だと思われるかと思ったのに、陽彩ちゃんはうれしそうな顔をした。その笑顔に、かつてこんな顔で僕の隣で笑っていたんじゃないかと、知らない運命を確信した。

「ずっと会いたかったよ。あなたのこと、長い間待ってた。きっとこれからね、わたしたち、素晴らしい未来が待っていると思うの」

ああ、その気持ちは、僕も感じている。

僕は、陽彩ちゃんに向かって歩き出す。

陽彩ちゃんもこちらに近づいてくる。


世界を救った彼女と、僕はまた恋をする。

*

楓馬と陽彩がゆっくりと近づいていく光景をシャッターに収め、そのまま送信する。まもなく送信完了の表示が出て、ワタシ――パオは上空の、タイムトンネルが開いている場所へ浮上する。

「しかしこの時代のトーキョーは、トーキョーとは思えないほど寂しいなあ」

何度も来たことのある場所だが、やっぱりこんな独り言を漏らしてしまう。ワタシが来た時代にあった透明チューブ状の道路も宙に浮かぶ建物もない。歩いているのは当たり前だけどニンゲンだらけで、ロボットの仲間がひとりもいない。

楓馬は、いやニンゲンたちは、それでもこんなつまらない世界を守ろうとした。

楓馬が死に、やがて未来の世界でニンゲンたちも死に絶えた。ロボットだけになった世界はそれでも隕石が衝突することも大戦争が起こることもなく、平和に続いている。

ただそれでも本当に他の宇宙が分岐してその世界が守られたかどうかは調べる必要があったので、ワタシが任務として百年前のこの世界に使わされたのだ。

「見ているこっちが嫌になるくらい、へらへらした顔をしているな」

楓馬も陽彩も、これからはじまる恋の予感にすっかり顔がたるみきっている。ロボットのワタシには恋愛感情はおろか、誰かを恋しいと思うこともわからないが、そんな二人を見ていると、スーパーコンピュータの中枢が熱を持ちそうになった。

ニンゲンは、この感覚をうらやましいとか言うのかもしれないな。

「まあ、よろしくやってくださいよ」

独り言をつぶやいて、タイムトンネルへ入るワタシ。百年前のつまらない世界の夏は、白い日差しがきいんと降り注いでいて、空の色をよりいっそう濃くしている。

だんだん遠ざかる、楓馬と陽彩。

世界を救った二人よ、いつまでもお幸せに。

あとがき

洋画が好きです。なかでも宇宙人が攻めてくる系とか、未来世界がとんでもない危機に襲われていて人類が滅亡しそうとか、そういう話は観ていてワクワクします。作中に登場する古い洋画のタイトルも私が大好きなものなので、興味を惹かれた方はぜひ鑑賞してみてください。

それにしても科学技術の発展は素晴らしいです。AIがこんな身近なものになるなんて、つい十年前は想像できなかったことです。しかし技術の発展は思わぬ危険性もはらんでいます。世の中が便利になるのはいいことだけど、落とし穴もあるんだよ、ということをこの作品には入れ込んだつもりです。

そして今作でいちばん伝えたかったことは、「あきらめない」ことです。
人生にはあきらめなければいけないこと、あきらめたほうがいいことがたくさんあります。でも若い頃から、かんたんにあきらめる癖をつけてほしくない。
本当に欲しいもの、本当につかみ取りたいものが、かんたんに手に入らないのは当たり前です。
その時、あきらめないでもう少し頑張ってみる、という気持ちで努力を続けたほうが、ぜったいに人生は楽しくなると思います。

私は重度のひねくれ者なので、小説においても「他の人と同じことはしたくない」という気持ちがすごく強いです。そんなひねくれた扱いにくい小説家に笑顔で付き合ってくださる編集担当様、今作も素敵な表紙を描いてくださったふすい様、そして執筆にあたりご協力いただいた医師の宮田弥千代様、何より、この小説を最後までお読みいただいた読者の皆様。感謝の気持ちでいっぱいです。

それではまた、次回作でお会いしましょう。

二〇二五年　二月二十八日　櫻井千姫

この物語はフィクションです。実在の人物、団体等とは一切関係がありません。

櫻井千姫先生へのファンレターのあて先
〒104-0031　東京都中央区京橋1-3-1　八重洲口大栄ビル7F
スターツ出版（株）書籍編集部 気付
櫻井千姫先生

この世界が終わる前に100年越しの恋をする

2025年2月28日　初版第１刷発行

著　者　　櫻井千姫　© Chihime Sakurai 2025

発 行 人　菊地修一
デザイン　フォーマット　西村弘美
　　　　　カバー　長﨑綾（next door design）
発 行 所　スターツ出版株式会社
　　　　　〒104-0031
　　　　　東京都中央区京橋1-3-1　八重洲口大栄ビル7F
　　　　　TEL　03-6202-0386（出版マーケティンググループ）
　　　　　TEL　050-5538-5679（書店様向けご注文専用ダイヤル）
　　　　　URL　https://starts-pub.jp/
印 刷 所　大日本印刷株式会社

Printed in Japan

ISBN　978-4-8137-1708-9　C0193